Bleeser
Geschichten zwischen Himmel und Erde

PETER BLEESER (Hrsg.)

Geschichten zwischen Himmel und Erde

PATMOS VERLAG DÜSSELDORF

Für alle, die unterwegs sind
mit jungen oder älteren Menschen;
suchend, fragend, tastend nach Sinn –
aber unterwegs –
zwischen Himmel und Erde!

CIP-Kurztitelaufnahme der Deutschen Bibliothek

Geschichten zwischen Himmel und Erde /
Peter Bleeser (Hrsg.). – 1. Aufl. – Düsseldorf:
Patmos Verlag, 1985.
ISBN 3-491-79256-8
NE: Bleeser, Peter [Hrsg.]

1. Auflage 1985
Umschlaggestaltung: Peter J. Kahrl, Neustadt
Gesamtherstellung: Clausen & Bosse, Leck
ISBN 3-491-79256-8

Inhalt

Geschichten zum Weitererzählen

Warum dieses Buch? Warum „Geschichten zwischen Himmel und Erde“? Ein „Vorlesebuch“ wäre nicht nötig gewesen – davon gibt es genug. Ich möchte Geschichten zum Weitererzählen vorstellen, Texte und Impulse, die mir und anderen Menschen in langjähriger Jugendarbeit wichtig geworden sind. Geschichten zum Nacherzählen, Weiterentwickeln, Fortspinnen.

Was Menschen in Freud oder Leid, aber auch in den Banalitäten des Alltags bewegt, das spielt sich zwischen Himmel und Erde ab. Geschichten entstehen auf der Erde, sie versuchen den Sinn der Welt zu deuten. Geschichten strecken sich aber auch nach dem Himmel aus; sie durchbrechen das Kreisen um sich selbst.

Was gemeint ist, zeigt das Titelbild dieses Buches: Zwischen Himmel und Erde schweben zwei Menschen – Trapezkünstler. Sie stammen von der Erde; aber sie fliegen. Sie fliegen aufeinander zu, und sie strecken sich zueinander aus. Letztlich trägt weder Netz noch Seil, letztlich trägt das Vertrauen, das Wagnis, die Hingabe. Letztlich trägt alles, was die Menschen auf der Erde brauchen, was aber dennoch vom Himmel stammt.

Was gut erzählte Geschichten erreichen können, habe ich in den „Erzählungen der Chassidim“ von Martin Buber gefunden. Ein Rabbi berichtet dort: „Mein Großvater war lahm. Einmal bat man ihn, eine Geschichte von seinem Leben zu erzählen. Da erzählte er, wie der heilige Baalschem beim Beten zu hüpfen und zu tanzen pflegte. Mein Großvater stand und erzählte, und die Erzählung riß ihn so hin, daß er hüpfend und tanzend zeigen mußte, wie der Meister es gemacht hatte. Von der Stunde an war er geheilt. So soll man Geschichten erzählen.“

Wir alle sind auf dem Weg Jesu, der einer der größten Erzähler und Sinndeuter gewesen ist. Jesu Geschichten handeln zwar von scheinbar banalen Alltäglichkeiten, von verlorenen Münzen, vom Brotbacken, vom Säen und Ernten, vom Gäste-Haben, vom Verzeihen. Sie handeln vom Befreien, vom Scheitern, vom Wagnis, vom Teilen, von dem, was wichtig ist in dieser Welt, und von dem, was uns in der kommenden Welt erwartet.
Jesus hat „weltliche" Geschichten erzählt, manchmal lustige, manchmal spannende Geschichten. Aber die Geschichten drangen in die Menschen ein, lösten Bewegungen aus, machten den Menschen bewußt, wie es um sie stand, und führten zu Entscheidungen.
Aber – die Geschichten von Jesus und die Geschichten von anderen müssen eingelassen werden. Wer sich gegen sie versperrt, wer sich ironisch oder ärgerlich abwendet, der hat vielleicht Angst, die Geschichten könnten in ihm etwas auslösen, was ihn beunruhigt.
Ich glaube, wir sollten wieder häufiger Geschichten erzählen und Geschichten anhören. Wir erfahren dann auch eine ganze Menge über uns selbst zwischen Himmel und Erde.
Die Herausgabe des Buches war mir nur möglich, weil andere dabei geholfen haben. Für tatkräftige Unterstützung und Begleitung danke ich Elfriede Pagel vom Jugendhaus Düsseldorf und George Caldwell (Domingo) aus Australien.

Peter Bleeser

1 Wer frei ist, kann befreien

Wozu Jesus gekommen ist

Jesus kehrte, erfüllt von der Kraft des Geistes, nach Galiläa zurück. Und die Kunde von ihm verbreitete sich in der ganzen Gegend. Er lehrte in den Synagogen und wurde von allen gepriesen.
So kam er auch nach Nazaret, wo er aufgewachsen war, und ging, wie gewohnt, am Sabbat in die Synagoge. Als er aufstand, um aus der Schrift vorzulesen, reichte man ihm das Buch des Propheten Jesaja. Er schlug das Buch auf und fand die Stelle, wo es heißt:
Der Geist des Herrn ruht auf mir,
denn der Herr hat mich gesalbt.
Er hat mich gesandt,
damit ich den Armen eine gute Nachricht bringe;
damit ich den Gefangenen die Entlassung verkünde
und den Blinden das Augenlicht;
damit ich die Zerschlagenen in Freiheit setze
und ein Gnadenjahr des Herrn ausrufe.
Dann schloß er das Buch, gab es dem Synagogendiener und setzte sich. Die Augen aller in der Synagoge waren auf ihn gerichtet. Da begann er, ihnen darzulegen: Heute hat sich das Schriftwort, das ihr eben gehört habt, erfüllt.

Lukas 4,14–21

Georg: Wenn ich diese Bibelstelle richtig verstehe, sagt doch damit Jesus: Was ihr gerade aus dem Buch des Jesaia gehört habt, ist mit meiner Ankunft Wirklichkeit geworden.

Claudia: Ja, und das in Nazaret, seiner Heimatstadt. So eine unerhörte Aussage, solch ein Anspruch hat seine Zuhörer, die ihn alle als Nachbarn kannten, wütend gemacht, und sie sagten: „Der spinnt!"

Georg: Trotzdem finde ich super, was da steht: Gute Nachricht für Arme, Entlassung für Gefangene, Augenlicht für Blinde, Freiheit für Zerschlagene ...

Claudia: Wenn dies das Programm Jesu ist, wenn er dazu gekommen ist, dann heißt das doch für Christen auch heute noch: Einsatz für alle, die arm und am Rande sind; für Unglückliche und Verfolgte, für Gequälte, Behinderte, Arbeitslose ...

Georg: Was ist aber mit den Reichen, mit Menschen, denen es gut geht, den Mächtigen? Ist Jesus für die nicht gekommen?

Claudia: Doch! Jesus schließt keinen aus. Hier wird aber gesagt, wen er besonders liebt, zuallererst die Kleinen, Armen und Machtlosen.

Georg: Es wird mir immer klarer: Christen sind Menschen, die befreien, die retten, die für andere da sind, Halt geben, den Schwachen helfen, die die Welt verändern, in „der Kraft des Geistes", wie es bei Lukas steht.

Claudia: Ja, das, was Jesus bedeutet, hören wir schon bei seiner Geburt: „Euch ist heute der Retter geboren ..."

Der Adler

Ein Mann ging in einen Wald, um nach einem Vogel zu suchen, den er mit nach Hause nehmen konnte. Er fing einen jungen Adler, brachte ihn heim und steckte ihn in den Hühnerhof zu den Hennen, Enten und Truthühnern. Und er gab ihm Hühnerfutter zu fressen, obwohl er ein Adler war, der König der Vögel.
Nach fünf Jahren erhielt der Mann den Besuch eines naturkundigen Mannes. Und als sie miteinander durch den Garten gingen, sagte der: „Dieser Vogel dort ist kein Huhn, er ist ein Adler."
„Ja", sagte der Mann, „das stimmt. Aber ich habe ihn zu einem Huhn erzogen. Er ist jetzt kein Adler mehr, sondern ein Huhn, auch wenn seine Flügel drei Meter breit sind."
„Nein", sagte der andere. „Er ist noch immer ein Adler, denn er hat das Herz eines Adlers. Und das wird ihn hoch hinauffliegen lassen in die Lüfte."
„Nein, nein", sagte der Mann, „er ist jetzt ein richtiges Huhn und wird niemals fliegen."
Darauf beschlossen sie, eine Probe zu machen. Der naturkundige Mann nahm den Adler, hob ihn in die Höhe und sagte beschwörend: „Der du ein Adler bist, der du dem Himmel gehörst und nicht dieser Erde: breite deine Schwingen aus und fliege!"
Der Adler saß auf der hochgereckten Faust und blickte um sich. Hinter sich sah er die Hühner nach ihren Körnern picken, und er sprang zu ihnen hinunter. Der Mann sagte: „Ich habe dir gesagt, er ist ein Huhn."
„Nein", sagte der andere, „er ist ein Adler. Versuche es morgen noch einmal."
Am anderen Tag stieg er mit dem Adler auf das Dach des

Hauses, hob ihn empor und sagte: „Adler, der du ein Adler bist, breite deine Schwingen aus und fliege!“ Aber als der Adler wieder die scharrenden Hühner im Hofe erblickte, sprang er abermals zu ihnen hinunter und scharrte mit ihnen. Da sagte der Mann wieder: „Ich habe dir gesagt, er ist ein Huhn.“
„Nein“, sagte der andere, „er ist ein Adler, und er hat noch immer das Herz eines Adlers. Laß es uns noch ein einziges Mal versuchen, ihn fliegen zu lassen.“
Am nächsten Morgen erhob er sich früh, nahm den Adler und brachte ihn hinaus aus der Stadt, weit weg von den Häusern, an den Fuß eines hohen Berges. Die Sonne stieg gerade auf, sie vergoldete den Gipfel des Berges, jede Zinne erstrahlte in der Freude eines wundervollen Morgens. Er hob den Adler und sagte zu ihm: „Adler, du bist ein Adler. Du gehörst dem Himmel und nicht dieser Erde. Breite deine Schwingen aus und fliege!“
Der Adler blickte umher, zitterte, als erfülle ihn neues Leben – aber er flog nicht. Da ließ ihn der naturkundige Mann direkt in die Sonne schauen. Und plötzlich breitete er seine gewaltigen Flügel aus, erhob sich mit dem Schrei eines Adlers, flog höher und kehrte nie wieder zurück. Er war ein Adler, obwohl er wie ein Huhn aufgezogen und gezähmt worden war!

Diese Geschichte stammt aus Afrika – sie endet mit dem Aufruf:
„Völker Afrikas! Wir sind geschaffen nach dem Ebenbilde Gottes, aber Menschen haben uns gelehrt, wie Hühner zu denken, und noch denken wir, wir seien wirklich Hühner, obwohl wir Adler sind. Breitet eure Schwingen aus und fliegt! Und seid niemals zufrieden mit den hingeworfenen Körnern.“

James Aggrey

Die Rettungsstation

An einer gefährlichen Küste, die schon vielen Schiffen zum Verhängnis geworden war, befand sich vor Zeiten eine kleine, armselige Rettungsstation. Das Gebäude war nicht mehr als eine Hütte, und dazu gehörte nur ein einziges Boot; aber die Handvoll Freiwilliger versah unentwegt ihren Wachdienst und wagte sich tags wie nachts unermüdlich und ohne Rücksicht auf ihr eigenes Leben hinaus, um Schiffbrüchige zu bergen. Dank diesem bewundernswerten kleinen Stützpunkt wurden so viele Menschen gerettet, daß er bald überall bekannt wurde. Viele der Erretteten und andere Leute aus der Umgebung waren nun auch gern bereit, Zeit, Geld und Energie zu opfern, um die Station zu unterstützen. Man kaufte neue Boote und schulte neue Mannschaften. Die kleine Station wuchs und gedieh.
Vielen Gönnern dieser Rettungsstation gefiel das ärmliche Gebäude nicht mehr. Die Geretteten benötigten doch einen etwas komfortableren Ort als erste Zuflucht. Deshalb wurden die provisorischen Lagerstätten durch richtige Betten ersetzt und das erweiterte Gebäude mit besserem Mobiliar ausgestattet. Doch damit erfreute sich die Rettungsstation bei den Männern zunehmender Beliebtheit als Aufenthaltsort; sie richteten sich noch gemütlicher ein, da sie ihnen als eine Art Clubhaus diente. Immer weniger Freiwillige waren bereit, mit auf Bergungsfahrt zu gehen. Also heuerte man für die Rettungsboote eine eigene Besatzung an. Immerhin schmückte das Wappen des Seenotdienstes noch überall die Räume, und von der Decke des Zimmers, in dem gewöhnlich der Einstand eines neuen Clubmitglieds gefeiert wurde, hing das Modell eines großen Rettungsbootes.

Etwa zu dieser Zeit scheiterte vor der Küste ein großes Schiff, und die angeheuerten Seeleute kehrten mit ganzen Bootsladungen frierender, durchnäßter und halbertrunkener Menschen zurück. Unter den schmutzigen und erschöpften Schiffbrüchigen befanden sich Schwarze und Orientalen. In dem schönen Clubhaus herrschte das Chaos. Das Verwaltungskomitee ließ deshalb gleich danach Duschkabinen im Freien errichten, damit man die Schiffbrüchigen vor Betreten des Clubhauses gründlich säubern könne.
Bei der nächsten Versammlung gab es eine Auseinandersetzung unter den Mitgliedern. Die meisten wollten den Rettungsdienst einstellen, da er unangenehm und dem normalen Clubbetrieb hinderlich sei. Einige jedoch vertraten den Standpunkt, daß Lebensrettung die vorrangige Aufgabe sei und daß man sich ja schließlich auch noch als „Lebensrettungsstation" bezeichne. Sie wurden schnell überstimmt. Man ließ sie wissen, daß sie, wenn ihnen das Leben all dieser angetriebenen schiffbrüchigen Typen so wichtig sei, ja woanders ihre eigene Rettungsstation aufmachen könnten. Das taten sie dann auch.
Die Jahre gingen dahin, und die neue Station wandelte sich genauso wie die erste. Sie wurde zu einem Clubhaus, und so kam es zur Gründung gar einer dritten Rettungsstation. Doch auch hier wiederholte sich die alte Geschichte. Wenn man heute diese Küste besucht, findet man längs der Uferstraße eine beträchtliche Reihe exklusiver Clubs. Immer noch wird sie vielen Schiffen zum Verhängnis; nur – die meisten Schiffbrüchigen ertrinken.

Theodore Wedel

Es liegt in eurer Hand

In einem fernen Orte lebte ein alter weiser Mann. Er war beliebt im ganzen Lande, und wann immer einer seiner Mitmenschen Sorgen hatte, ging er zu ihm, um Rat zu holen, denn der alte, weise Mann konnte aus einer reichen Lebenserfahrung schöpfen und gab stets guten Rat. Dies wiederum machte einige seiner Mitbürger neidisch, die selbst gern für klug und weise gehalten worden wären. Sie beschlossen, dem alten Mann eine Falle zu stellen.

Aber wie?

Nach längerem Nachdenken kam man auf folgende Idee: Man wollte ein winziges Mäuslein fangen, es dem alten Mann in der geschlossenen Hand präsentieren und ihn fragen, was sich in der Hand befinde. Sollte der alte Mann wider Erwarten die Frage richtig beantworten, so würde er mit Sicherheit an einer weiteren Frage scheitern, nämlich der, ob es sich bei dem Mäuschen um ein lebendes oder ein totes handele. Würde er nämlich sagen, es handele sich um ein lebendes, so könne man die Hand zudrücken, und das Mäuschen sei tot. Würde er hingegen sagen, es handele sich um ein totes Mäuschen, so könne man die Hand öffnen und das Mäuschen herumlaufen lassen.

So vorbereitet, erschien man vor dem alten weisen Mann und fragte ihn wie beabsichtigt.

Nach wenigem Überlegen antwortete der alte weise Mann auf die erste Frage: „Das, was ihr in der Hand haltet, kann nur ein ganz winziges Mäuslein sein."

„Nun gut", sagten die Neidischen, „da magst du recht haben, aber handelt es sich um ein lebendes oder um ein totes Mäuslein?"

Der alte weise Mann wiegte seinen Kopf eine Weile hin und her, schaute seinen Mitbürgern dann in die Augen und sagte:
„Ob das, was ihr in der Hand haltet, lebt oder tot ist, das liegt allein in eurer Hand.“ *unbekannt*

Befreiung

Nur das Wasser,
das wir zu trinken gaben,
wird uns erfrischen.

Nur das Brot,
das wir zu essen gaben,
wird uns sättigen.

Nur das Kleid,
das wir verschenkten,
wird uns bekleiden.

Nur das Wort,
das Leiden linderte,
wird uns trösten.

Nur der Kranke,
den wir besuchten,
wird uns heilen.

Nur der Gefangene,
den wir befreiten,
wird uns erlösen.

T. Consalvatica

Gott sei Dank

Meine Mutter sagt:
Du bist zu klein.

Der Lehrer meint:
Du bist schwer von Begriff.

Der Pfarrer schimpft:
Du bist verdorben.

Meine Kameraden lachen:
Du hast verloren.

Der Berufsberater weiß:
Du bist nicht geeignet.

Der Meister bestimmt:
Der andere ist besser.

Der Leutnant brüllt:
Du hast keine Haltung.

Gott sagt:
Du bist mir ähnlich.

Gott sei Dank!

Urs Boller

Gott sieht die Tränen
in den Augen der Schlange.

Wenn ich gestorben bin
hat sie gewünscht
feiert nicht mich
und auch nicht den tod
feiert DEN
der ein gott von lebendigen ist

wenn ich gestorben bin
hat sie gewünscht
zieht euch nicht dunkel an
das wäre nicht christlich
kleidet euch hell
singt heitere lobgesänge

wenn ich gestorben bin
hat sie gewünscht
preiset das leben
das hart ist und schön
preiset DEN
der ein gott von lebendigen ist

Kurt Marti

2 Mensch –
werde wesentlich

Der selbstsichere reiche Mann

Und er erzählte ihnen folgendes Beispiel: Auf den Feldern eines reichen Mannes stand eine gute Ernte. Da überlegte er hin und her: Was soll ich tun? Ich weiß nicht, wo ich meine Ernte unterbringen soll. Schließlich sagte er: So will ich es machen: Ich werde meine Scheunen abreißen und größere bauen; dort werde ich mein ganzes Getreide und meine Vorräte unterbringen. Dann kann ich zu mir selber sagen: Nun hast du einen großen Vorrat, der für viele Jahre reicht. Ruh dich aus, iß und trink und freu dich des Lebens! Da sprach Gott zu ihm: Du Narr! Noch in dieser Nacht wird man dein Leben von dir zurückfordern. Wem wird dann all das gehören, was du angehäuft hast? So geht es jedem, der nur für sich selbst Schätze sammelt, aber vor Gott nicht reich ist.

Lukas 12,16–21

Georg: Ich denke, diese Geschichte könnte man auch überschreiben: „Was im Leben wichtig ist“ oder „Was macht glücklich?“

Claudia: Wieso?

Georg: Na ja, mir ist das klar: Da sammelt einer Besitz, will viel haben und denkt, sein Glück und seine Sicherheit beständen im Reichtum und in einem wohlhabenden Leben. Gott aber sagt: „Es gibt keine Sicherheit, es gibt kein Glück für den, der mehr haben will, Glück ist mehr.“

Claudia: Und was ist Glück? – Laß mich nachdenken! – Vielleicht besteht es im Teilen, im Loslassenkönnen all dessen, was wir haben, im Vertrauen und in der Liebe der Menschen zueinander, in der Liebe zu Gott?! ...

Georg: Genau! Ich denke, das sind die „Schätze“, von denen Jesus am Ende der Geschichte vom selbstsicheren, reichen Mann redet. Das sind die Schätze, die dem Leben Sinn geben, die wirklich glücklich machen, die wesentlich sind.

Claudia: Da fällt mir ein, daß Menschen, die nur hetzen, jagen, ihren Terminkalender voll haben, keine Zeit für andere aufbringen, nur ihre eigene kleine Welt sehen, Ähnliches tun wie der reiche Mann.

Georg: Ja, und Gott nennt solche Menschen Narren; sie haben auf die falsche Karte gesetzt.

Claudia: Was glücklich macht, was wesentlich ist, deutet noch ein anderes Wort der Bibel an: „Der Mensch lebt nicht vom Brot allein ...“

Der Terminkalender

Ein Mensch hatte einen großen Terminkalender und sagte zu sich selbst: Alle Termine sind eingeschrieben, aber wo soll ich noch die Tagung X und den Ausschuß Y unterbringen? Und er kaufte sich einen größeren Terminkalender mit Einteilungsmöglichkeiten der Nachtstunden, überlegte noch einmal, trug sorgfältig alles ein und sagte zu sich selbst: Nun sei ruhig, liebe Seele, du hast alles gut eingeplant! Versäume ja nichts! Aber je weniger er versäumte, um so mehr stieg er im Ansehen und wurde in den Ausschuß Q und in den Vorstand K gewählt, wurde 2. und 1. Vorsitzender, Ehrenmitglied, und –

eines Tages war es dann soweit, und Gott sagte: Du Narr, diese Nacht stehst du auf meinem Terminkalender!

unbekannt

Ein Jude kommt zum Rabbi: „Es ist entsetzlich. Gehst du zu einem Armen: Er ist freundlich und hilft dir, wenn er kann. Gehst du zu einem Reichen, sieht er dich nicht einmal an. Was ist das nur mit dem Geld?"

Da antwortet der Rabbi: „Tritt ans Fenster. Was siehst du?" – „Ich sehe eine Frau mit einem Kind. Ich sehe einen Wagen ..." – „Gut", sagt der Rabbi, „und jetzt stell dich hier vor den Spiegel! Was siehst du nun?" – „Was werd ich sehen? Nebbich – mich selber."

„Ja, so ist das. Das Fenster ist aus Glas gemacht, und der Spiegel ist auch aus Glas gemacht. Kaum legst du ein bißchen Silber hinter die Oberfläche, schon siehst du nur noch dich selber."

Jüdische Anekdote

Die Schnecke

Immer hatte die Schnecke einfach so in ihrem Schnekkenhaus gelebt. Bedächtig war sie mit ihm ihrer Wege gegangen, durch die grünen Dschungel der Wiesen, quer durch die Wüsten der gelben Feldwege, durch die Meere der Regenpfützen und die Gebirge der Baumstümpfe empor.

Ihr Haus war ihr Schutz gewesen – gegen Feinde, gegen Kälte und bei Sonne.

Sie hatte das Licht zwischen den Grashalmen gesehen, den Geruch fremder Pflanzen geatmet, sie war immer wieder neuen Tieren begegnet, und sie hatte Schnecken getroffen, mit denen sie ein Stück des Weges ging.

Es war ein gutes Leben gewesen, aber wie es so geht: Kaum erfährt man, daß es noch anderes gibt, so will man auch das. Jedenfalls erging es der Schnecke so.

Sie hatte so einiges munkeln hören – von Wohlstand und Luxus, von Bequemlichkeit und daß Besitz erst die Persönlichkeit ausmache. Da war die Schnecke unzufrieden geworden. Beim Schnick! dachte sie. Beim Schnack und beim Schnuck! Das alles gibt es, und welch elendes Leben führe ich! Da ziehe ich mit diesem dämlichen Haus durch die Landschaft und freue mich, wenn es regnet. Als ob es sonst nichts gäbe.

Und mit rasender Schneckengeschwindigkeit – nämlich nach etwa sieben Wochen – faßte sie einen Entschluß: Sie ließ ihr Haus ausstatten. Und zwar auf die feinste Art.

Zuerst wurde ein gekacheltes Bad eingebaut, in Resedagrün. Das Wohnzimmer kriegte eine Moosvertäfelung, Plüschteppiche in Abendsonnenrot, ein Sofa, einen Schaukelstuhl und einen Farbfernseher mit Zeitlupenprogramm. In der Küche fanden sich die feinsten Delika-

tessen, und im Schlafzimmer war ein feuchtes Ruhebett mit Sprühberieselung und Musik.
Es gab Deckenbeleuchtung, Aschenbecher und sogar Bücher. Allerdings mit leeren Seiten, weil Schnecken nicht lesen können. Ja, und sonst noch allerhand. Zum Beispiel eine Garage, was natürlich völlig blödsinnig war. Aber man hat das halt so. Jedenfalls war die Schnecke sehr zufrieden. Anfangs. Damals machte es ihr nichts aus, daß die Sache einen Haken hatte: Sie konnte nämlich ihr Haus nicht mehr transportieren. Es war zu schwer geworden. Aber wozu sollte sie auch? Sie hatte ja alles, was sie brauchte. Meinte sie.
Eine Weile badete sie und ließ sich sprühberieseln. Die Delikatessen konnte sie leider nicht verzehren, weil kein Dosenöffner da war. Aber sie hörte Musik und machte die Deckenbeleuchtung an und aus. Die Lust am Fernsehen verging ihr ziemlich schnell, weil die Tagesschau immer nur traurige Ereignisse brachte. Und die Klospülung war auch bald kaputt.
Das wäre aber alles nicht so schlimm gewesen, wenn nicht die Schnecke plötzlich so eine Sehnsucht gekriegt hätte. Nach den Abendsonnenstrahlen im Wiesendschungel, nach den glitzernden Sandstäubchen der Feldwegwüsten, nach dem Spiegelbild der Sterne in den Regenpfützenmeeren und nach der Kühle auf den Höhen der Baumstumpfgebirge.
Wo war der Duft der fremden Blumen? Die Stimmen unbekannter Tiere? Wo das Behagen, das sie bei der Begegnung mit Freunden gefühlt hatte?
Sie war gefangen in einem Haus, das vollgestopft war mit überflüssigen Dingen. Anstatt etwas zu gewinnen, hatte sie alles verloren.
Eine Weile saß die Schnecke im Schaukelstuhl und ließ

die Fühler hängen. Dann riß sie sich zusammen und unternahm etwas.
Superluxuskomfort mit allen Schikanen, voll möbliert, gegen einfaches, kleines Leerhaus zu tauschen, schrieb sie auf einen Zettel. Besichtigung jederzeit.
Den Zettel pappte sie außen an. Jetzt wartet sie. Und sie wartet sicher nicht vergebens. Irgendeine dumme Schnecke wird sich schon finden.

Gina Ruck-Pauquèt

Was ich noch sagen wollte
Wenn ich Dir
einen Tip geben darf
Ich meine
Ich bitte Dich
um alles in der Welt
und wider besseres Wissen:
Halte Dich nicht schadlos
Zieh den Kürzeren
Laß Dir etwas
entgehen.

Eva Zeller

Der beste Augenblick

Es lebte einmal ein junger Mann, der täglich über den Sinn der Welt nachgrübelte. Vor allem beschäftigte ihn der Gedanke, was im Leben am meisten Ernst habe, denn, so meinte er, das Gewicht des Ernstes könne am ehesten den Menschen unter die Oberfläche des Daseins ziehen und ihn dem Grund aller Dinge nahebringen. Soviel er aber nachdachte und die Menschen beobachtete, er kam zu keinem Ergebnis. Um in seine Zweifel Klarheit zu bringen, suchte er schließlich einen alten Weisen auf, der allein in einem weit entfernten Wald lebte.

Der Meister fragte ihn, was ihn herbeigeführt habe, und er berichtete, er suche nach dem Kostbarsten, was ein Mensch tun könne, um sich der Gottheit zu nähern.

„Was hast du auf dem Weg hierher getan?“ fragte ihn der Meister. Der junge Mann glaubte, er habe ihn nicht verstanden, und wiederholte sein Anliegen. Doch der Meister fragte nochmals: „Was hast du auf dem Weg nach hier getan?“

„Ich habe geschwitzt“, sagte der junge Mann, „denn der Weg auf die Höhe war steil, ich geriet außer Atem und hatte großen Durst. Aber ich habe versucht, die Beschwerden des Weges geduldig zu ertragen.“

„Was hast du noch getan?“

„Ich habe meditiert, wie ich es täglich tue. Heute habe ich mich in den Gedanken versenkt, daß der Gleichmut eine Tugend und ein Fehler sein kann.“

„Was hast du noch getan?“

„Ich habe einem alten Mann sein Bündel Holz ins Dorf getragen. Es war für mich ein Umweg, aber ich sah, daß der Alte zu schwach für die Last war.“

„Was hast du noch getan?“

Der Jüngling zögerte, dann sagte er: „Ich habe eine Weile auf einem Stein gesessen und mit dieser Glaskugel gespielt, die mir mein Vater geschenkt hat, als ich die Schule verließ. Verzeih mir, daß ich mich damit aufhielt."
„Bei welcher Beschäftigung fühltest du dich am leichtesten?"
Der Jüngling sah den Alten ratlos an. „Beantworte mir bitte meine Frage", sagte er, „ich kam doch mit einem Anliegen zu dir."
Der Meister wiederholte, als habe er seinen Einwand nicht gehört: „Bei welcher Beschäftigung fühltest du dich am leichtesten?"
„Beim Spiel mit der Kugel", sagte der junge Mann beschämt, „da war ich ganz leer und fröhlich, ich hatte keine Gedanken und Sorgen."
„Das war der beste Augenblick dieses Tages", sagte der Meister, „als du dem Spiel hingegeben warst. Das Spiel ist ganz leicht und zugleich ganz ernst, darum ist es der Gottheit nah. Du gelangst unter die Oberfläche des Daseins, indem du dich darüber erhebst."

Rosemarie Harbert-Bottländer

Der Dorftrottel

Lumbarda ist ein kleiner Ort auf der dalmatinischen Insel Korcula, berühmt dreier Dinge wegen: ob der köstlichen Scampi, die von den Fischern des Dorfes gefangen und von den Frauen unvergleichlich in Mehl gewälzt, in Olivenöl gebacken und – beträufelt mit Zitrone – serviert werden; ob des herrlichen Grk – ein herber, schwerer Weißwein, der in der ziegelfarbigen Erde rings um die

Südbucht in Weingärten gedeiht; und schließlich Tomos wegen, des Dorftrottels.
Wenn die Fremden damals – vor dem Krieg – nach Lumbarda kamen, um Scampi zu essen und Grk zu trinken, tauchte irgendwann Tomo auf – schleppenden, ruckartigen Schritts, die Arme schlenkernd, das Gesicht zu einer Fratze verzerrt und unverständliche Laute lallend. Es dauerte nie lange, bis einer der Einheimischen lachend zwei Münzen auf die flache Hand legte – ein großes 25-Para-Stück und ein kleines zu einem halben Dinar.
„Eines darfst du dir nehmen, Tomo!"
Und unweigerlich verzog Tomo sein Gesicht zu einem verschmitzten, schlau-sein-wollenden Lächeln und griff nach der 25-Para-Münze.
„Er ist so dumm, daß er glaubt, die große Münze ist mehr wert", erklärte dann lachend der Einheimische, „und dabei ist die kleine doppelt soviel wert."
Aber Tomo schüttelte den Kopf und schlenkerte mit den Armen, als wolle er damit zum Ausdruck bringen, er wisse das besser und lasse sich nicht zum Narren halten.
Und natürlich wiederholten die Fremden, sobald sie begriffen hatten, um was es ging, das Experiment. Immer wieder nahm Tomo schlau grinsend das 25-Para-Stück und weigerte sich, die kleine Münze zu einem halben Dinar zu nehmen, wenn ihm jemand eine solche aufdrängen wollte.
Später, im Herbst, als die Fremden sich bereits verlaufen hatten und ich auf der Insel bereits heimisch und bekannt war, traf ich Tomo. Ich schenkte ihm ein paar Zigaretten.
„Hör einmal", sagte ich, „warum nimmst du denn immer die große Münze? Die kleine ist doch doppelt soviel wert!"
Tomo zog langsam an der Zigarette und grinste.

„So blöd bin ich wieder nicht“, sagte er und hatte mit einem Male weitaus geringere Schwierigkeiten zu sprechen, „wenn ich das täte, würde man gleich aufhören, mir Münzen zur Wahl anzubieten.“

W. A. Erley

Der Faden, an dem wir hängen ...

An einem sonnigen Herbsttag segelte eine jugendliche Spinne durch die milde Luft und landete schließlich in einer Hecke.
Sie ließ sich zappelnd und tastend weit hinab und baute sich ein wundervolles Nest, in das sie sich behaglich setzte.
Die Zeiten waren gut, und es flog ihr viel kleines Getier in die feinen Maschen, und das Spinnchen wurde davon dick und behäbig.
Eines Morgens – der Tau glänzte wie Perlen im Netz – wollte die Spinne ihre Wohnung inspizieren: Sie lief auf den engen Straßen ihrer Netzfäden herum wie eine Seiltänzerin und guckte überall hin, um festzustellen, ob alles in Ordnung sei. Da kam sie an einen Faden, der gerade in die Höhe lief und bei dem sie nicht erkennen konnte, wo er eigentlich endete. Sie starrte in die Höhe mit all ihren vielen Augen; aber sie entdeckte kein Ende! Sie schüttelte darüber den Kopf und fand diesen Faden einfach sinnlos!
Verärgert biß sie ihn durch – und im nächsten Augenblick klappte das Netz wie ein feuchter Lappen über ihr zusammen und tötete sie! Der Faden, den sie durchgebissen hatte, war der „Faden von oben“ gewesen, an dem sie seinerzeit angesegelt kam.

Johannes Jörgensen

Die Fabel vom Seepferdchen

Es war einmal ein Seepferdchen, das eines Tages seine sieben Taler nahm und in die Ferne galoppierte, sein Glück zu suchen. Es war noch gar nicht weit gekommen, da traf es einen Aal, der zu ihm sagte:
„Psst. Hallo Kumpel. Wo willst du hin?“ – „Ich bin unterwegs, mein Glück zu suchen“, antwortete das Seepferdchen stolz.
„Da hast du’s ja gut getroffen“, sagte der Aal, „für vier Taler kannst du diese schnelle Flosse haben, damit kannst du viel schneller vorwärtskommen.“
„Ei, das ist ja prima“, sagte das Seepferdchen, bezahlte, zog die Flosse an und glitt doppelt so schnell davon. Bald kam es zu einem Schwamm, der es ansprach:
„Psst. Hallo Kumpel. Wo willst du hin?“ – „Ich bin unterwegs, mein Glück zu suchen“, antwortete das Seepferdchen. „Da hast du’s ja gut getroffen“, sagte der Schwamm, „für ein kleines Trinkgeld überlasse ich dir dieses Boot mit Düsenantrieb; damit könntest du viel schneller reisen.“
Da kaufte das Seepferdchen das Boot mit seinem letzten Geld und sauste mit fünffacher Geschwindigkeit durch das Meer. Bald traf es einen Haifisch, der zu ihm sagte:
„Psst. Hallo Kumpel. Wo willst du hin?“ – „Ich bin unterwegs, mein Glück zu suchen“, antwortete das Seepferdchen. „Da hast du’s ja gut getroffen. Wenn du diese kleine Abkürzung machen willst“, sagte der Haifisch und zeigte auf seinen geöffneten Rachen, „dann sparst du eine Menge Zeit.“
„Ei, vielen Dank“, sagte das Seepferdchen und sauste in das Innere des Haifisches und wurde dort verschlungen.

R. F. Mager

Die Halle der Welt mit Licht erfüllen

Ein König hatte zwei Söhne. Als er alt wurde, da wollte er einen der beiden zu seinem Nachfolger bestellen. Er versammelte die Weisen seines Landes und rief seine Söhne herbei. Er gab jedem der beiden fünf Silberstücke und sagte: „Füllt für dieses Geld die Halle in unserem Schloß bis zum Abend. Womit, das ist eure Sache." – Die Weisen sagten: „Das ist eine gute Aufgabe."

Der älteste Sohn ging davon und kam an einem Feld vorbei, wo die Arbeiter dabei waren, das Zuckerrohr zu ernten und in einer Mühle auszupressen. Das ausgepreßte Zuckerrohr lag nutzlos umher. – Er dachte sich: „Das ist eine gute Gelegenheit, mit diesem nutzlosen Zeug die Halle meines Vaters zu füllen." – Mit dem Aufseher der Arbeiter wurde er einig, und sie schafften bis zum späten Nachmittag das ausgedroschene Zuckerrohr in die Halle. Als sie gefüllt war, ging er zu seinem Vater und sagte: „Ich habe deine Aufgabe erfüllt. Auf meinen Bruder brauchst du nicht mehr zu warten. Mach mich zu deinem Nachfolger." – Der Vater antwortete: „Es ist noch nicht Abend. Ich werde warten."

Bald darauf kam auch der jüngere Sohn. Er bat darum, das ausgedroschene Zuckerrohr wieder aus der Halle zu entfernen. So geschah es. Dann stellte er mitten in die Halle eine Kerze und zündete sie an. Ihr Schein füllte die Halle bis in die letzte Ecke hinein.

Der Vater sagte: „Du sollst mein Nachfolger sein. Dein Bruder hat fünf Silberstücke ausgegeben, um die Halle mit nutzlosem Zeug zu füllen. Du hast nicht einmal ein Silberstück gebraucht und hast sie mit Licht erfüllt. Du hast sie mit dem gefüllt, was die Menschen brauchen."

Philippinen

Die drei Siebe

Aufgeregt kam jemand zu Sokrates gelaufen: „Höre, Sokrates, das muß ich dir erzählen, wie dein Freund ..."
„Halt ein!" unterbrach ihn der Weise, „hast du das, was du mir sagen willst, durch die drei Siebe geschüttelt?"
„Drei Siebe?" fragte der andere voll Verwunderung.
„Ja, mein Freund, drei Siebe! Laß sehen, ob das, was du mir erzählen willst, durch die drei Siebe hindurchgeht. Das erste Sieb ist die Wahrheit. Hast du alles, was du mir erzählen willst, geprüft, ob es wahr ist?" – „Nein, ich hörte es erzählen, und ..." – „So, so. Aber sicher hast du es mit dem zweiten Sieb geprüft, es ist das Sieb der Güte. Ist das, was du mir erzählen willst, wenn schon nicht als wahr erwiesen, wenigstens gut?" Zögernd sagte der andere: „Nein, das nicht, im Gegenteil ..." – „Dann", unterbrach ihn der Weise, „laß uns auch das dritte Sieb noch anwenden und laß uns fragen, ob es notwendig ist, mir das zu erzählen, was dich so erregt." – „Notwendig nun nicht gerade ..." – „Also", lächelte Sokrates, „wenn das, was du mir erzählen willst, weder wahr noch gut, noch notwendig ist, so laß es begraben sein und belaste dich und mich nicht damit!" *unbekannt*

Die Seele muß nachkommen

Ein Weißer nimmt einen Farbigen in seinem Jeep mit, um mit ihm in ein weit entfernt liegendes Dorf zu fahren. Der Weiße fährt rasant wie der Teufel durch die trockene Savanne, bis der Farbige bittet, anzuhalten, damit er aussteigen könne. Der Farbige setzt sich am Straßenrand nieder. Nichts geschieht, bis der Weiße ihn wieder zum

Einsteigen auffordert. „Worauf wartest du noch?“, fragt der Weiße. „Daß meine Seele nachkommen kann“, antwortet der Farbige.

Das Hemd des Glücklichen

Ein Kaiser wurde krank und sagte: „Mein halbes Reich gebe ich demjenigen, der mich wieder heilt.“ Da versammelten sich die Weisen und hielten Rat, wie der Kaiser zu heilen sei. Niemand wußte es. Nur ein Weiser sprach: „Ich weiß, wie dem Kaiser zu helfen ist. Man muß einen glücklichen Menschen finden, ihm das Hemd ausziehen und es dem Kaiser anziehen. Dann wird der Kaiser gesund werden.“
Der Kaiser gab den Befehl, einen glücklichen Menschen zu suchen. Seine Gesandten reisten kreuz und quer durch das Reich, aber sie konnten niemanden finden, der vollständig zufrieden war. Der eine war reich, aber krank; ein anderer gesund, doch arm; der dritte war sowohl reich als auch gesund, hatte aber eine böse Frau. Alle beklagten sich über irgend etwas.
Einst kam der Sohn des Kaisers vorüber und hörte, wie jemand sprach: „Gott sei gedankt, heute habe ich tüchtig gearbeitet, habe mich sattgegessen, und nun werde ich mich schlafen legen. Mehr brauche ich nicht.“
Der Sohn des Kaisers war hocherfreut. Er befahl, diesem Mann das Hemd auszuziehen, ihm dafür so viel Geld zu geben, wie er verlangte, und das Hemd dem Kaiser zu bringen. Die Gesandten gingen zu dem glücklichen Mann und wollten sein Hemd haben, doch er war so arm, daß er keines besaß.

Leo Tolstoi

Der Frosch und der Ochse

Ein Frosch sah von seinem Tümpel aus einen Ochsen auf der Weide und dachte bei sich: „Wenn ich meine gerunzelte Haut aufblähen würde, könnte ich wohl so groß und stattlich werden wie dieser Ochse. Das ist die einfachste Sache der Welt, und alle werden sich wundern." So fing er an, sich aufzublasen, und fragte seine jungen Fröschlein: „Was dünkt euch, bin ich so groß wie der Ochs?" Diese antworteten: „O nein Vater." Da blähte er sich noch viel mehr auf und sprach zu ihnen: „Und nun?" Die Fröschlein aber lachten und sprachen: „Noch lange nicht." Als er sich zum dritten Mal blähen wollte, zerplatzte er und starb.

Vivekananda

Colombin

Am Hofe gab es starke Leute und gescheite Leute, der König war ein König, die Frauen waren schön und die Männer mutig, der Pfarrer war fromm und die Küchenmagd fleißig – nur Colombin, Colombin war nichts. Wenn jemand sagte: „Komm, Colombin, kämpf mit mir", sagte Colombin: „Ich bin schwächer als du." Wenn jemand sagte: „Wieviel gibt zwei mal sieben?", sagte Colombin: „Ich bin dümmer als du." Wenn jemand sagte: „Getraust du dich, über den Bach zu springen?", sagte Colombin: „Nein, ich getraue mich nicht." Und wenn der König fragte: „Colombin, was willst du werden?", antwortete Colombin: „Ich will nichts werden, ich bin schon etwas, ich bin Colombin."

Peter Bichsel

Die Geschichte vom Holzpferd

Das Holzpferd, so heißt es, lebte länger im Kinderzimmer als irgend jemand sonst. Es war so alt, daß sein brauner Stoffüberzug ganz abgeschabt war. Es war in Ehren alt und weise geworden ...
„Was ist wirklich?" fragte eines Tages der Stoffhase, als sie Seite an Seite lagen. „Bedeutet es, Dinge in sich zu haben, die summen, und mit einem Griff ausgestattet zu sein?"
„Wirklich", antwortete das Holzpferd, „ist nicht, wie man gemacht ist. Es ist etwas, was an einem geschieht. Wenn ein Kind dich liebt für eine lange, lange Zeit, nicht nur um mit dir zu spielen, sondern dich wirklich liebt, dann wirst du wirklich." – „Tut es weh?" fragte der Hase.
„Manchmal", antwortete das Holzpferd. „Wenn du wirklich bist, dann hast du nichts dagegen, daß es weh tut." – „Geschieht es auf einmal, so wie wenn man aufgezogen wird?" – „Es geschieht nicht auf einmal", sagte das Holzpferd. „Das dauert lange. Das ist der Grund, warum es nicht oft an denen geschieht, die leicht brechen oder die scharfe Kanten haben oder die schön gehalten werden müssen. Im allgemeinen sind zur Zeit, da du wirklich sein wirst, die Augen ausgefallen; du bist wacklig in den Gelenken und sehr häßlich. Aber diese Dinge sind überhaupt nicht wichtig; denn wenn du wirklich bist, kannst du nicht häßlich sein, ausgenommen in den Augen von Leuten, die überhaupt keine Ahnung haben."
„Ich glaube, du bist wirklich", meinte der Stoffhase. Und dann wünschte er, er hätte das nicht gesagt – das Holzpferd könnte empfindlich sein. Aber das Holzpferd lächelte nur ...

M. Williams

Der kleine Grashalm
blickte mich verwundert an,
als ich mich setzte.

„Was willst du?"
fragte er mich.

„Ich will dich wachsen hören",
sagte ich verlegen.

„Ich wachse sehr leise",
flüsterte er mir zu.

Er wußte nicht,
daß ich die Stille liebe.

Otmar Schnurr

Gehe ruhig und gelassen durch Lärm und Hast und sei des Friedens eingedenk, den die Stille bergen kann.
Stehe, soweit ohne Selbstaufgabe möglich, in freundlicher Beziehung zu allen Menschen. Äußere Deine Wahrheit ruhig und klar und höre anderen zu, auch den Geistlosen und Unwissenden, auch sie haben ihre Geschichte.
Meide laute und aggressive Menschen, sie sind eine Qual für den Geist. Wenn Du Dich mit anderen vergleichst, könntest Du bitter werden und Dir nichtig vorkommen; denn immer wird es jemanden geben, größer oder geringer als Du.
Freue Dich Deiner Leistungen wie auch Deiner Pläne.
Bleibe weiter an Deiner eigenen Laufbahn interessiert, wie bescheiden auch immer. Sie ist ein echter Besitz im wechselnden Glück der Zeiten.

In Deinen geschäftlichen Angelegenheiten laß Vorsicht walten; denn die Welt ist voller Betrug.
Aber dies soll Dich nicht blind machen gegen gleichermaßen vorhandene Rechtschaffenheit.
Viele Menschen ringen um hohe Ideale, und überall ist das Leben voller Heldentum.
Sei Du selbst, vor allem heuchele keine Zuneigung.
Noch sei zynisch, was die Liebe betrifft, denn auch im Angesicht aller Dürre und Enttäuschung ist sie doch immerwährend wie das Gras.
Ertrage freundlich-gelassen den Ratschluß der Jahre, gib die Dinge der Jugend mit Grazie auf.
Stärke die Kraft des Geistes, damit sie Dich in plötzlich hereinbrechendem Unglück schütze. Aber beunruhige Dich nicht mit Einbildungen.
Viele Befürchtungen sind Folge von Erschöpfung und Einsamkeit.
Bei einem heilsamen Maß an Selbstdisziplin sei gut zu Dir selbst.
Du bist ein Kind des Universums, nicht weniger als die Bäume und die Sterne; Du hast ein Recht hier zu sein.
Und ob es Dir bewußt ist oder nicht, zweifellos entfaltet sich das Universum wie vorgesehen.
Darum lebe in Frieden mit Gott, was für eine Vorstellung Du auch von ihm hast und was immer Dein Mühen und Sehnen ist.
In der lärmenden Wirrnis des Lebens erhalte Dir den Frieden mit Deiner Seele.
Trotz all ihrem Schein, der Plackerei und den zerbrochenen Träumen ist diese Welt doch wunderschön.
Sei vorsichtig.
Strebe danach, glücklich zu sein.

Spruch aus der alten St. Paul's Kirche, Baltimore, 1692

3 Worauf es ankommt

Von den ungleichen Söhnen

Was meint ihr? Ein Mann hatte zwei Söhne. Er ging zum ersten und sagte: Mein Sohn, geh und arbeite heute im Weinberg! Er antwortete: Ja, Herr!, ging aber nicht. Da wandte er sich an den zweiten Sohn und sagte zu ihm dasselbe. Dieser antwortete: Ich will nicht. Später aber reute es ihn, und er ging doch. Wer von den beiden hat den Willen seines Vaters erfüllt? Sie antworteten: Der zweite. Da sagte Jesus zu ihnen: Amen, das sage ich euch: Zöllner und Dirnen gelangen eher in das Reich Gottes als ihr. Denn Johannes ist gekommen, um euch den Weg der Gerechtigkeit zu zeigen, und ihr habt ihm nicht geglaubt; aber die Zöllner und die Dirnen haben ihm geglaubt. Ihr habt es gesehen, und doch habt ihr nicht bereut und ihm nicht geglaubt.

Matthäus 21,28–32

Claudia: „Was meint ihr?" So beginnt diese Geschichte. Wir sollen Stellung nehmen, sagen, was wir von den beiden Söhnen halten.

Georg: Ein dicker Hund, was sich der erste Sohn leistet: Ja sagen und doch nichts tun!

Claudia: Also wenn ich ehrlich bin – so ungewöhnlich finde ich dieses Verhalten nicht. Mir geht es doch auch manchmal so: Ich habe etwas als richtig erkannt und sage: „Ja, da müßte man etwas tun", und tue doch nichts.

Georg: Mensch, du hast recht. Wie z. B. in meiner Familie über die türkischen Nachbarn geredet wird, finde ich unmöglich. Wir reden darüber auch in unserer Jugendgruppe und diskutieren, was geschehen müßte – aber in meiner Familie halte ich den Mund, wenn gelästert wird. Das Schlimmste dabei finde ich, daß wir als besonders „katholisch" und als „Stütze" der Pfarrgemeinde gelten.

Claudia: Ich denke, diese Situation ist nichts Besonderes. Das kommt doch gerade bei den „guten Christen" massenweise vor. Sonntags sind wir zum Gottesdienst versammelt und sagen – sozusagen wie der erste Sohn – ja zu Gott und seinem Willen. Aber sobald wir die Kirche verlassen haben, scheint bei vielen alles vergessen, nichts ändert sich.

Georg: Da fällt mir ein: Ich kenne bei uns einige, die nennt meine Tante nur „schräge Typen" und „linke Vögel". Die kommen nur noch selten zum Gottesdienst und haben dauernd Streitgespräche mit unserem Pfarrer. Aber einer davon fährt jeden Tag einen Behinderten mit dem Rollstuhl spazieren, ein anderer macht Besorgungen für eine alte Frau, der dritte ist engagiert in einer Arbeitsloseninitiative und manches mehr.

Claudia: Ja, mir scheint, daß die vergleichbar sind mit dem zweiten Sohn, der „nein“ sagt. Sie sind zunächst skeptisch und tun dann doch, was das Evangelium meint.

Georg: Vielleicht meint Jesus mit dem ersten Sohn die Frommen von damals, die glaubten, sie „gehörten dazu“, und mit dem anderen Sohn Zöllner und Sünder, die „nicht dazugehörten“.

Claudia: Das finde ich auch. Das gibt's bis heute. Viele „gute Christen“ sagen ja und tun nichts; die anderen sagen zunächst nein, besinnen sich aber und handeln! Vielleicht brauchen wir mehr Geduld mit Leuten, die sind wie der zweite Sohn.

Georg: Da fällt mir ein anderes Bibelwort ein, in dem Jesus sagt, worauf es ankommt: „Nicht, wer zu mir sagt ‚Herr, Herr‘, wird in das Himmelreich eingehen, sondern wer den Willen meines Vaters tut ...“

Mahatma Gandhi soll einmal bemerkt haben:
„Euch Christen ist das Christentum
nicht einmal unter die Haut gegangen,
geschweige denn ins Herz.“

Eines tun sie nicht

Die Christen leben wie Gänse auf einem Hof. An jedem siebten Tag wird eine Parade abgehalten, und der beredsamste Gänserich steht auf dem Zaun und schnattert über das Wunder der Gänse, erzählt von den Taten der Vorfahren, die einst zu fliegen wagten, und lobt die Barmherzigkeit des Schöpfers, der den Gänsen Flügel und den Instinkt zum Fliegen gab. Die Gänse sind tief gerührt, senken in Ergriffenheit die Köpfe und loben die Predigt und den beredten Gänserich. Aber das ist auch alles. Eines tun sie nicht – sie fliegen nicht; sie gehen zu ihrem Mittagsmahl. Sie fliegen nicht, denn das Korn ist gut und der Hof ist sicher.

Sören Kierkegaard

Das volle Bethaus

Der Baalschem blieb einst an der Schwelle eines Bethauses stehen und weigerte sich, es zu betreten. „Ich kann nicht hinein“, sagte er, „es ist ja von Wand zu Wand und vom Boden zur Decke übervoll der Lehre und des Gebetes, wo wäre da noch Raum für mich?“ Und als er merkte, daß die Umstehenden ihn anstarrten, ohne ihn zu verstehen, fügte er hinzu: „Die Worte, die über die Lippen der Lehrer und Beter gehen – und kommen nicht aus einem auf den Himmel gerichteten Herzen – steigen nicht zur Höhe auf, sondern füllen das Haus von Wand zu Wand und vom Boden zur Decke.“

Jüdische Erzählung

Die stärkende Last

Durch eine Oase ging ein finsterer Mann, Ben Sadok. Er war so gallig in seinem Charakter, daß er nichts Gesundes und Schönes sehen konnte, ohne es zu verderben.
Am Rand der Oase stand ein junger Palmbaum im besten Wachstum. Der stach dem finsteren Araber in die Augen. Da nahm er einen schweren Stein und legte ihn der jungen Palme mitten in die Krone. Mit einem bösen Lachen ging er nach dieser Heldentat weiter. Die junge Palme schüttelte sich und bog sich und versuchte, die Last abzuschütteln. Vergebens. Zu fest saß der Stein in der Krone.
Da krallte sich der junge Baum tiefer in den Boden und stemmte sich gegen die steinerne Last. Er senkte seine Wurzeln so tief, daß sie die verborgene Wasserader der Oase erreichten, und stemmte den Stein so hoch, daß die Krone über jeden Schatten hinausreichte. Wasser aus der Tiefe und Sonnenglut aus der Höhe machten eine königliche Palme aus dem jungen Baum.
Nach Jahren kam Ben Sadok wieder, um sich an dem Krüppelbaum zu freuen, den er verdorben. Er suchte vergebens. Da senkte die stolzeste Palme ihre Krone, zeigte den Stein und sagte: „Ben Sadok, ich muß dir danken, deine Last hat mich stark gemacht“.

Franz Gypkens

Geduld

Ein Bauer war enttäuscht über das langsame Wachstum seiner Getreidepflanzen. In seiner Ungeduld begann er an den Halmen zu zerren.

Als er am Abend nach Hause zurückkehrte, seufzte er: „Ich bin todmüde; den ganzen Tag habe ich damit zugebracht, dem Getreide beim Wachsen zu helfen.“ Seine Söhne rannten aufs Feld, um zu sehen, was er getan hatte. Sie fanden lauter verdorrte Halme.

nach Mencius

Die Geschichte vom Stromnetz

Ein Arbeiter hatte sich einen Fernseher gekauft. Der Techniker kam, stellte den Apparat auf und erklärte alles: die verschiedenen Knöpfe, die verschiedenen Kanäle, die Programme, die beste Stellung des Apparates, er erklärte, wie die Antenne funktionierte – er erklärte alles. Nur eines vergaß er: den Apparat ans Stromnetz anzuschließen.

Am Abend lud der Arbeiter dann die ganze Nachbarschaft ein: alle sollten bei der Einweihung dabei sein. Er räumte das Wohnzimmer auf und stellte die Stühle ordentlich hin. Der große Augenblick war gekommen! Er bat um Ruhe, drückte den Knopf und setzte sich auf seinen Stuhl. Alle blickten voll Erwartung ..., die Zeit verging. „Ja, das muß so sein, Leute! Der Fernsehtechniker hat gesagt, die Röhren müssen erst warm werden, und das dauert etwas.“ Sie warteten zwei Stunden. Nichts geschah. Alle gingen nach Hause, voller Enttäuschung. Der Fernseher funktionierte nicht.

Anstatt alle Einzelheiten zu erklären, hätte der Techniker besser daran getan, den Apparat ans Stromnetz anzuschließen. Alles übrige hätte der Arbeiter im Laufe der Zeit dann schon von selbst entdeckt ...

aus Südamerika

Der kranke Regenwurm

Es war einmal ein Regenwurm, der war sein ganzes Leben lang krank. Kaum hatte ihn seine Mutter auf die Welt gebracht, war er schon krank. Man merkte es an seiner unlustigen Art, daß ihm etwas fehlte. Der Wurmdoktor kam mit seinem Köfferchen gekrochen und fühlte ihm den Puls. „Was fehlt ihm?“ fragte die Mutter ängstlich. „Er ist krank“, sagte der Wurmdoktor und machte ein besorgtes Gesicht.
Die Mutter wickelte ihn in warme Sauerampferblätter ein und brachte ihm Schneckenschleim. Aber der Regenwurm blieb krank und zeigte keine Lebensfreude. Wenn die anderen Würmer spielen gingen, lag er krank in seinen Sauerampferblättern unter der Erde, er wußte nicht einmal, was Sonne und Regen ist. Er blieb auch krank, als er größer wurde. Nie verließ er sein Plätzchen unter der Erde, sondern lag immer in seinen Sauerampferblättern und aß traurig seinen Schneckenschleim. Drum wurde er auch nie von einer Amsel gefressen wie fast alle seine Kameraden und blieb die längste Zeit am Leben.
Aber sag mir selbst – ist das ein Leben?

Fritz Hohler

Wer sein Leben für andere hingibt ...

Als ich mit einem Tibetaner im Gebirge im Schneesturm wanderte, sah ich einen Mann, der im Schnee den Abhang hinuntergestürzt war. Ich sagte: „Wir müssen hingehen und ihm helfen.“ Er erwiderte: „Niemand kann von uns verlangen, daß wir uns um ihn bemühen, während wir selber in Gefahr sind umzukommen.“ – „Im-

merhin", antwortete ich, „wenn wir schon sterben müssen, ist es gut, wir sterben, während wir anderen helfen."
Er wandte sich ab und ging seines Weges. Ich stieg zu dem verunglückten Mann hinunter, hob ihn mühsam auf meine Schultern und trug ihn bergan. Durch diese Anstrengung wurde mir warm und meine Wärme übertrug sich auf den vor Kälte steifen Verunglückten. Unterwegs fand ich meinen früheren Begleiter im Schnee liegen. Müde, wie er war, hatte er sich niedergelegt und war erfroren. – Ich hatte einen Menschen retten wollen, aber ich rettete mich selbst.

Gott gibt uns Atem

Keinen Tag soll es geben,
da du sagen mußt:
niemand ist da, der mir
neuen Atem gibt.

Keinen Tag soll es geben,
da du sagen mußt:
niemand ist da, der mit mir um
die Schöpfung kämpft.

Keinen Tag soll es geben,
da du sagen mußt:
niemand ist da, der mir Hoffnung
gibt für Gott und diese Welt.

Und der Friede Gottes,
der höher ist als all unsre Vernunft,
der halte unseren Verstand wach
und unsere Hoffnung groß,
und stärke unsere Liebe.

Empfehlung,
sich nicht
zu ducken:
Das Schiff
liefe nicht vorwärts,
stünde nicht aufrecht
im Wind
das Segel.

Günter Kunert

Am Heiligen Abend löste eine verirrte Maus
im Elektrizitätswerk einen Kurzschluß aus.
Lichter und Kerzen erloschen,
Millionen Watt.
Plötzlich alles dunkel und still in der Stadt.
Da auch Radio und Fernsehgeräte nicht
gingen,
mußte man „O du Fröhliche“ selber singen;
Dr. theol. Rösch mußte, ähnlich den
Propheten,
statt vom Manuskript aus dem Herzen reden.
Und irgendwo entzündete jemand ein kleines
Licht
und sagte zu seinem Kind: „Fürchte dich
nicht!“

Otto Heinrich Kühner

Der hoffnungslose Baum

Unter einem kleinen Apfelbaum wartete ein Mann. Er wartete darauf, daß ein Apfel daran wachsen würde. Er saß einfach da und wartete und wartete, aber nichts wuchs. Er goß ihn jeden Tag, aber es wuchs einfach nichts. Was immer er auch tat, es wuchs nichts. Da verlor der Mann den Mut und gab die Hoffnung auf den Baum auf. Er wollte ihn fällen. Eines Tages also beschloß er, es zu tun. Er sagte, er würde es an einem Sonntagnachmittag tun, selbst wenn es regnen oder schneien würde. Am Sonntag war es neblig, und er konnte den Baum nicht sehen, und so fällte er ihn nicht.
Am nächsten Sonntag hing ein kleiner Apfel dran.

Curtis M., 14 Jahre

4 Liebe trägt

Wer wirft den ersten Stein?

Jesus aber ging zum Ölberg. Am frühen Morgen begab er sich wieder in den Tempel. Alles Volk kam zu ihm. Er setzte sich und lehrte es. Da brachten die Schriftgelehrten und die Pharisäer eine Frau, die beim Ehebruch ertappt worden war. Sie stellten sie in die Mitte und sagten zu ihm: Meister, diese Frau wurde beim Ehebruch auf frischer Tat ertappt. Mose hat uns im Gesetz vorgeschrieben, solche Frauen zu steinigen. Nun, was sagst du? Mit dieser Frage wollten sie ihn auf die Probe stellen, um einen Grund zu haben, ihn zu verklagen. Jesus aber bückte sich und schrieb mit dem Finger auf die Erde. Als sie hartnäckig weiterfragten, richtete er sich auf und sagte zu ihnen: Wer von euch ohne Sünde ist, werfe als erster einen Stein auf sie. Und er bückte sich wieder und schrieb auf die Erde. Als sie seine Antwort gehört hatten, ging einer nach dem anderen fort, zuerst die Ältesten. Jesus blieb allein zurück mit der Frau, die noch in der Mitte stand. Er richtete sich auf und sagte zu ihr: Frau, wo sind sie geblieben? Hat dich keiner verurteilt? Sie antwortete: Keiner, Herr. Da sagte Jesus zu ihr: Auch ich verurteile dich nicht. Geh und sündige von jetzt an nicht mehr!

Johannes 8,1–11

Georg: Also, wenn ich Jesus gewesen wäre, wäre ich ganz schön ins Schwitzen gekommen. Da kommt die geballte Kirchenleitung mit ihrer Autorität (damals Schriftgelehrte und Pharisäer genannt) und stellt ihn auf die Probe.

Claudia: Und wie Jesus reagiert! Er schaut sie nicht an, bückt sich und schreibt mit dem Finger auf die Erde.

Georg: Ich denke, er wollte damit sagen: Laßt mich in Ruhe, ihr könnt mich hier nicht zum Richter machen.

Claudia: Vielleicht wollte er ihnen auch Zeit zum Nachdenken über ihre strengen Forderungen geben.

Georg: Weißt du, was ich noch glaube: Daß Jesus mit dem Finger auf die Erde, in den Staub schreibt, kann auch bedeuten: Eure Moral ist auf Sand und Staub gesetzt – sie beruht nicht auf Liebe, sondern auf Selbstgerechtigkeit.

Claudia: Mensch – toller Gedanke! Der Beweis kommt ja auch gleich danach. Jesus sagt: „Wer von euch ohne Sünde ist ..."

Georg: Ja, und dann verschwinden alle nacheinander wie Hunde, die den Schwanz einziehen und sich verdrücken. Was mich am meisten erstaunt: zuerst die Ältesten, also die höchsten Würdenträger von damals ....

Claudia: Durch diese Bibelstelle ist mir Jesus schon früher ganz besonders sympathisch geworden. Endlich mal einer, der es nicht wie alle macht, endlich mal einer, der Verständnis aufbringt, der nicht verurteilt; einer, der Gerechtigkeit auch gegenüber Frauen übt ...

Georg: Ja, ein „Richter“, der nicht verurteilt, sondern befreit. Allerdings wischt Jesus das Geschehene nicht einfach weg. Er leugnet nicht, daß es Schuld gibt. Keiner ist ohne Schuld. Aber wir können uns ändern.

Claudia: Dazu fordert er am Schluß die Frau auf. Ich denke, das Verständnis und die Liebe Jesu geben der Frau die Kraft, sich wirklich zu ändern. Liebe trägt ...

Die Liebe des Fischers

Die Frau eines Fischers hat mit einem Matrosen die Ehe gebrochen. Nach Landessitte soll sie deshalb von einem hohen Felsen gestürzt werden. Doch in der Nacht vor der Vollstreckung steigt der betrogene Ehemann in die Felswand. Aus starken Seilen spannt er ein großes Netz über den Abgrund, das er mit Gras, Stroh und Kissen ausstopft. Als am anderen Morgen das Urteil vollstreckt wird, stürzt die Frau vom Felsen herab, aber sie wird aufgefangen im Netz der Liebe ihres Mannes. „Seine Liebe fängt ihre Schuld auf", sagt der Dichter.

Werner Bergengruen

Der seidene Faden

Ein hoher Beamter fiel bei seinem König in Ungnade. Der König ließ ihn im obersten Raum eines Turmes einkerkern. In einer mondhellen Nacht aber stand der Gefangene oben auf der Zinne des Turmes und schaute hinab.

Da sah er seine Frau stehen. Sie machte ihm ein Zeichen und berührte die Mauer des Turmes. Gespannt blickte der Mann hinunter, um zu erkennen, was seine Frau hier tat. Aber es war für ihn nicht verständlich, und so wartete er geduldig auf das, was da kam.

Die Frau am Fuß des Turmes hatte ein honigliebendes Insekt gefangen; sie bestrich die Fühler des Käfers mit

Honig. Dann befestigte sie das Ende eines Seidenfadens am Körper des Käfers und setzte das Tierchen mit dem Kopf nach oben an die Turmmauer, gerade an die Stelle, über der sie hoch oben ihren Mann stehen sah. Der Käfer kroch langsam dem Geruch des Honigs nach, immer nach oben, bis er schließlich dort ankam, wo der gefangene Ehemann stand.

Der gefangene Mann war aufmerksam und lauschte in die Nacht hinein, und sein Blick ging nach unten. Da sah er das kleine Tier über die Rampe klettern. Er griff behutsam nach ihm, löste den Seidenfaden, befreite das Insekt und zog den Seidenfaden langsam und vorsichtig zu sich empor.

Der Faden aber wurde immer schwerer, es schien, daß etwas daran hing. Und als der Ehemann den Seidenfaden ganz bei sich hatte, sah er, daß am Ende des turmlangen Fadens ein Zwirnfaden befestigt war.

Der Mann oben zog nun auch diesen Faden zu sich empor. Der Faden wurde immer schwerer, und siehe, an seinem Ende war ein kräftiger Bindfaden festgemacht. Langsam und vorsichtig zog der Mann den Bindfaden zu sich empor. Auch dieser wurde immer schwerer. Und an seinem Ende war dem Mann eine starke Schnur in die Hand gegeben.

Der Mann zog die Schnur zu sich heran, und ihr Gewicht nahm immer mehr zu, und als das Ende in seiner Hand war, sah er, daß hier ein starkes Seil angeknotet war.

Das Seil machte der Mann an einer Turmzinne fest. Das Weitere war einfach und selbstverständlich. Der Gefangene ließ sich am Seil hinab und war frei. Er ging mit seiner Frau schweigend in die stille Nacht hinaus und verließ das Land des ungerechten Königs.

Vivekananda

Spuren im Sand

Ein Mann hatte eines Nachts einen Traum. Er träumte, daß er mit Gott am Strand entlang spazierenging. Am Himmel zogen Szenen aus seinem Leben vorbei, und für jede Szene waren Spuren im Sand zu sehen.
Als er auf die Fußspuren im Sand zurückblickte, sah er, daß manchmal nur eine da war. Er bemerkte weiter, daß dies zu Zeiten größter Not und Traurigkeit in seinem Leben so war. Deshalb fragte er den Herrn: „Herr, ich habe bemerkt, daß zu den traurigsten Zeiten meines Lebens nur eine Fußspur zu sehen ist. Du hast aber versprochen, stets bei mir zu sein. Ich verstehe nicht, warum du mich da, wo ich dich am nötigsten brauchte, allein gelassen hast."
Da antwortete ihm der Herr: „Mein liebes, teures Kind. Ich liebe dich und würde dich niemals verlassen. In den Tagen, wo du am meisten gelitten hast und mich am nötigsten brauchtest, da, wo du nur die eine Fußspur siehst, da trug ich dich auf meinen Schultern."

aus Taizé

Sich von Gott verlassen fühlen
ist Hunger nach Gott.

Stimmt es, daß Du den Regenbogen
als Zeichen des Friedens
und der Verbindung zu den Menschen
verstanden hast?
Dann schaffe am Himmel
ein solch mächtiges Zeichen,
daß es das Gewissen der Völker
erschüttert
und sie dahin führt,
den offensichtlichen Irrsinn der Kriege
und der Mißbildung
einer winzigen Welt der Reichen zu sehen,
die umschlossen und durchdrungen
von den Wassern des Elends ist.

Helder Camara

Bedenkt, daß jetzt um diese Zeit der Mond die Stadt erreicht
und eine kleine Ewigkeit sein Milchgebiß uns zeigt.
Bedenkt, daß hinter ihm ein Himmel ist, den man nicht definieren kann,
vielleicht kommt jetzt um diese Zeit ein Mensch dort oben an.
Und umgekehrt wird jetzt vielleicht ein Träumer in die Welt gesetzt,
und manche Mutter hat erfahren,
daß ihre Kinder nicht die besten waren.
Bedenkt auch, daß ihr Wasser habt und Brot,
daß Unglück auf der Straße droht
für die, die weder Tisch noch Stühle haben
und mit der Not die Tugend auch begraben.
Bedenkt, daß mancher sich betrinkt,
weil ihm das Leben nicht gelingt,
daß mancher lacht, weil er nicht weinen kann,
dem einen sieht man's an, dem andern nicht.
Bedenkt, wie schnell man oft ein Urteil spricht.
Und daß gefoltert wird, das sollt ihr auch bedenken;
gewiß ein heißes Eisen, ich wollte niemand kränken;
doch werden Panzer jetzt gezählt – wenn einer fehlt,
das könnte einen Menschen retten,
der jetzt um diese Zeit in Eurer Mitte sitzt,
von Gleichgesinnten noch geschützt.
Wenn Ihr dies alles wollt bedenken,
dann will ich gern den Hut,
den ich nicht habe, schwenken.
Die Frage ist, soll'n wir sie lieben, diese Welt,
soll'n wir sie lieben?
Ich möchte sagen, wir woll'n es üben.

Hanns Dieter Hüsch

Wünsche an das neue Jahr

Du neues Jahr, sei ein Jahr des Lichtes,
der Liebe und des Schaffens!

Bringe den Menschen die Krone des Lebens,
und lasse die Kronen dieses Lebens menschlich sein.

Setze dem Überfluß Grenzen,
und lasse die Grenzen überflüssig werden.

Gib allem Glauben seine Freiheit,
und mach die Freiheit zum Glauben aller.

Nimm den Ehefrauen das letzte Wort,
und erinnere die Ehemänner dagegen an ihr erstes.

Lasse die Leute kein falsches Geld machen,
aber auch das Geld keine falschen Leute.

Gib den Regierungen ein besseres Deutsch
und den Deutschen bessere Regierungen.

Schenke unseren Freunden mehr Wahrheit
und der Wahrheit mehr Freunde.

Gib den Gutgesinnten eine gute Gesinnung,
lasse die Wissenschaft Wissen schaffen.

Bessere solche Beamten, die wohl feil,
aber nicht wohlfeil,
und wohl tätig, aber nicht wohltätig sind,
und lasse die, die rechtschaffen sind, auch recht schaffen.

Lasse uns nicht vergessen, daß wir alle von Gottes
Gnaden sind
und daß alle allerhöchsten Menschen Demokraten
waren.

Gib unserem Verstand Herz
  und unserem Herzen Verstand,
auf daß unsere Seele schon hier selig wird.

Sorge dafür, daß wir alle in den Himmel kommen –
aber noch lange nicht!

Bergische Volkszeitung 1864

Ich gebe euch
ein neues Herz
und einen neuen Geist.

Ich nehme
das versteinerte Herz
aus eurer Brust
und schenke euch
ein Herz, das fühlt.

Ich erfülle euch
mit meinem Geist
und mache aus euch
Menschen, die nach meinem Willen leben,
die auf meine Gebote achten und sie befolgen.

Dann werdet ihr
für immer in dem Land bleiben,
das ich euren Vorfahren gegeben habe.
Ihr werdet mein Volk sein,
und ich werde euer Gott sein.

Ezechiel 36,26–28

Nichts macht uns feiger und gewissenloser
als der Versuch,
von allen Menschen geliebt zu werden.

Marie von Ebner-Eschenbach

Eine Wunde,
die ein Freund schlägt,
heilt nicht.

„Einen Menschen lieben
heißt –
ihn so sehen,
wie Gott ihn gemeint hat“

Fjodor M. Dostojewski

Warum?

Warum erlosch die Lampe?
Ich hielt meinen Mantel davor,
um sie vor dem Winde
zu schützen.
Darum erlosch die Lampe.

Warum verwelkte die Blume?
Ich preßte sie an mein Herz
in ängstlicher Liebe.
Darum verwelkte die Blume.

Warum trocknete
der Strom aus?
Ich legte einen Damm hindurch,
um ihn mir nützlich zu machen.
Darum trocknete der Strom aus.

Warum zerbrach
die Saite der Harfe?
Ich versuchte, ihr einen Ton zu entreißen,
der ihre Kräfte überstieg.
Darum zerbrach die Saite der Harfe.

Rabindranath Tagore

5 Wer aufbricht, gewinnt

Die Geschichte von den Kundschaftern

Der Herr sprach zu Mose: Schick einige Männer aus, die das Land Kanaan erkunden, das ich den Israeliten geben will. Aus jedem Väterstamm sollt ihr einen Mann aussenden, und zwar jeweils einen der führenden Männer.
Als Mose sie ausschickte, um Kanaan erkunden zu lassen, sagte er zu ihnen: Zieht von hier durch den Negeb, und steigt hinauf ins Gebirge! Seht, wie das Land beschaffen ist und ob das Volk, das darin wohnt, stark oder schwach ist, ob es klein oder groß ist; seht, wie das Land beschaffen ist, in dem das Volk wohnt, ob es gut ist oder schlecht, und wie die Städte angelegt sind, in denen es wohnt, ob sie offen oder befestigt sind und ob das Land fett oder mager ist, ob es dort Bäume gibt oder nicht. Habt Mut, und bringt Früchte des Landes mit! Es war gerade die Zeit der ersten Trauben.
Da zogen die Männer hinauf und erkundeten das Land von der Wüste Zin bis Rehob bei Lebo-Hamat. Sie durchzogen zuerst den Negeb und kamen bis Hebron. Von dort kamen sie in das Traubental. Dort schnitten sie eine Rebe mit einer Weintraube ab und trugen sie zu zweit auf einer Stange, dazu auch einige Granatäpfel und Feigen.
Vierzig Tage, nachdem man sie zur Erkundung des Landes ausgeschickt hatte, machten sie sich auf den Rückweg. Sie kamen zu Mose und Aaron und zu der ganzen Gemeinde der Israeliten in die Wüste Paran nach Kadesch. Sie berichteten ihnen und der ganzen Gemeinde und zeigten ihnen die Früchte des Landes. Sie erzählten Mose: Wir kamen in das Land, in das du uns geschickt hast: Es ist wirklich ein Land, in dem Milch und Honig fließen; das hier sind seine Früchte. Aber das Volk, das

im Land wohnt, ist stark, und die Städte sind befestigt und sehr groß.
Kaleb beruhigte das Volk, das über Mose aufgebracht war, und sagte: Wir können trotzdem hinaufziehen und das Land in Besitz nehmen; wir werden es gewiß bezwingen.
Die Männer aber, die mit Kaleb zusammen nach Kanaan hinaufgezogen waren, sagten: Wir können nichts gegen dieses Volk ausrichten; es ist stärker als wir. Und sie verbreiteten bei den Israeliten falsche Gerüchte über das Land, das sie erkundet hatten, und sagten: Das Land, das wir durchwandert und erkundet haben, ist ein Land, das seine Bewohner auffrißt; alle Leute, die wir dort gesehen haben, sind hochgewachsen. Sogar die Riesen haben wir dort gesehen – die Anakiter gehören nämlich zu den Riesen. Wir kamen uns selbst klein wie Heuschrecken vor, und auch ihnen erschienen wir so.
Da erhob die ganze Gemeinde ein lautes Geschrei, und das Volk weinte die ganze Nacht. Alle Israeliten murrten über Mose und Aaron, und die ganze Gemeinde sagte zu ihnen: Wären wir doch in Ägypten oder wenigstens hier in der Wüste gestorben! Warum nur will uns der Herr in jenes Land bringen? Etwa damit wir durch das Schwert umkommen und unsere Frauen und Kinder eine Beute der Feinde werden? Wäre es für uns nicht besser, nach Ägypten zurückzukehren? Und sie sagten zueinander: Wir wollen einen neuen Anführer wählen und nach Ägypten zurückkehren.
Da warfen sich Mose und Aaron vor der ganzen Gemeindeversammlung der Israeliten auf ihr Gesicht nieder. Josua, der Sohn Nuns, und Kaleb, der Sohn Jefunnes, zwei von denen, die das Land erkundet hatten, zerrissen ihre Kleider und sagten zu der ganzen Gemeinde der Israe-

liten: Das Land, das wir durchwandert und erkundet haben, dieses Land ist überaus schön. Wenn der Herr uns wohlgesinnt ist und uns in dieses Land bringt, dann schenkt er uns ein Land, in dem Milch und Honig fließen. Lehnt euch nur nicht gegen den Herrn auf! Habt keine Angst vor den Leuten in jenem Land; sie werden unsere Beute. Ihr schützender Schatten ist von ihnen gewichen, denn der Herr ist mit uns. Habt keine Angst vor ihnen!

Numeri 13,14

Georg: Mensch, die Kundschafter finde ich ja ganz schön mutig, aufbrechen in ein Land, das sie nicht kennen. So ähnlich muß das wohl gewesen sein bei den großen Entdeckern dieser Erde.

Claudia: Ja, und was geschieht, als sie zurückkommen, finde ich ganz typisch und habe es auch schon erlebt: Da gibt es die einen, die alles ganz toll finden, und die anderen, denen es gar nicht gefallen hat, die sogar vor dem fremden Land warnen.

Georg: Ja, und meistens ist es so, daß beide übertreiben!

Claudia: Wenn ich mir es so recht vorstelle, ist es ja tatsächlich sehr risikoreich, und so war es wohl auch in der Bibel, Neues zu wagen. Das ist schön, aber macht zugleich Angst.

Georg: Das scheint mir daran zu liegen, daß wir das Gewohnte aufgeben müssen und Schritte ins Unbekannte tun: Vertraute Orte wechseln wir, alte Freunde verlassen wir, neue müssen gefunden werden, gewohntes Denken wird aufgegeben, manchmal müssen wir anders leben ...

Claudia: Es ist wahr, wer etwas wagt, kann scheitern, aber auch viel gewinnen.

Georg: Ja, und in der Geschichte der Bibel macht Moses auf etwas Wichtiges aufmerksam: Es ist eigentlich nur möglich mit Gottes Hilfe und in Gemeinschaft.

Claudia: Das erinnert mich an ein Wort, was ich neulich hörte: „Gottes Kraft geht alle Wege mit."

Der junge Drache

In einem weit abgelegenen Tal lebte eine Familie von Drachen, die letzten Drachen, die es überhaupt auf der Welt gab. Sie waren die Nachkommen jener prächtigen feuerspeienden und fliegenden Geschöpfe, die einst überall auf der Welt zu finden waren. Aber mit ihren Vorfahren hatten die letzten Drachen nicht mehr viel gemeinsam, von deren Kraft und Schönheit war so gut wie nichts geblieben. Sie hatten sich in Erdhöhlen verkrochen, aus denen sie fast nie ans Tageslicht hervorkamen. Von Fliegen und Feuerspeien ganz zu schweigen. So führten sie ein eintöniges, trübes, furchtsames Leben.
Aber da war ein ganz junger Drache, dem wollte es ganz und gar nicht in den Kopf, daß er sich immer nur in einer muffigen und dunklen Höhle verkriechen sollte. Neugierig, aufgeregt und auch ein wenig ängstlich steckte er eines Tages zuerst den Kopf daraus hervor. Es war ein wunderschöner warmer Sommertag. Er freute sich an den vielen Farben, die das Licht erstrahlen ließ, und er genoß die Wärme.
Er ging vorsichtig über die Wiese und staunte über all die verschiedenen Lebewesen und über die Vielfalt der Blumen und Gräser. Und dann all die Gerüche, die um ihn herum waren! Er schnupperte an einer Blume und mußte niesen. Und die Grashalme kitzelten ihn an seinem weichen Bauch. Aber das allerschönste war der Gesang der Vögel. Der kleine Drache lauschte wie verzaubert, etwas Schöneres hatte er noch nie zuvor erlebt. Über all das freute er sich so sehr, daß er begann, mit seinen Flügeln, die er noch nie zuvor benutzt hatte und die nur schlaff und kraftlos herabhingen, zu flattern.
Und was dann geschah, erschien dem kleinen Drachen

wie ein Wunder. Langsam, anfangs noch ein wenig schwerfällig, erhob er sich vom Boden. Er konnte fliegen, schwebte schwerelos in der Luft. Er war so glücklich, daß er einen lauten Jubelruf ausstieß. Und da geschah das zweite Wunder. Während er jubelte, brach aus seinem Rachen eine tiefrote Flamme hervor. Jubelnd und feuerspeiend flog der kleine Drache über die Berge. Endlich würde er die Welt sehen können.
Nach einiger Zeit aber fielen ihm die anderen Drachen in ihren Höhlen ein, und er wurde traurig. „Wie glücklich sie sein könnten", dachte er sich, „wenn sie nicht immer nur in ihren Höhlen hockten." Und dann faßte er einen Entschluß. Er würde zurückfliegen und ihnen von seinen Erlebnissen erzählen. Als er in das Tal zurückgekommen war, ging er von Höhle zu Höhle und erzählte, wie schön es sei, zu fliegen und Feuer zu speien. Die alten Drachen waren mißtrauisch und wollten seine Geschichte nicht hören. Aus ihren Höhlen herauskommen wollten sie schon gar nicht. Aber einige junge Drachen wurden neugierig. Die Erzählung des kleinen Drachen berührte etwas in ihnen. Einer nach dem anderen kamen sie vorsichtig aus ihren Höhlen hervor. Und alle lernten sie zu sehen, zu hören, zu riechen und zu spüren. Und sie lernten ihre Kraft und Schönheit kennen. Die Freude, das neue Leben der jungen Drachen ließ auch die Alten auf Dauer nicht unberührt. Mißtrauisch und langsam krochen sie aus ihren Höhlen. Und auch sie lernten wieder, was es heißt, ein Drache zu sein. Bald waren die Höhlen, die Kälte und die Dunkelheit, die Angst und das Mißtrauen vergessen, und die Drachen waren wieder jene schönen und kraftvollen Geschöpfe, die sie vor langer, langer Zeit schon einmal waren.

Peter Bleeser

Brunnenfrosch und Seefrosch

Ein Brunnenfrosch erhielt Besuch von einem Seefrosch. Die beiden begannen sich zu unterhalten. Der Brunnenfrosch fragte, indem er ein Stück nach vorne hüpfte: „Ist dein See so groß?“ Der Seefrosch antwortete: „Viel, viel größer.“ Da machte der Brunnenfrosch einen noch größeren Sprung und fragte: „Ist dein See so groß?“ Aber der Seefrosch lachte und sagte: „Mein See ist riesengroß. Viel, viel größer.“ Da hüpfte der Brunnenfrosch von einem Rand des Brunnens zum anderen und fragte: „Ist dein See so groß?“ Und der Seefrosch lachte noch lauter und antwortete: „Du kleiner Brunnenfrosch kannst dir gar nicht vorstellen, wie groß mein See ist. Mein See ist unendlich groß. Das wird wohl nie in dein Gehirn hineingehen!“ Da wurde der Brunnenfrosch wütend und schrie den Seefrosch an: „Nun bin ich von einem Rand des Brunnens zum anderen gehüpft. Nichts kann größer als mein Brunnen sein! Mach, daß du fortkommst, ich will dich nicht mehr sehen!“ *Vivekananda*

Im Fluß schwimmen

Im Fluß schwimmen ist leichter als im See oder im Meer: die Strömung trägt dich, wenn du auf dem Rücken liegst, ohne daß du die geringste Anstrengung zu machen brauchst. Aber der Fluß, der dir alle Schwimmbewegungen erspart, reißt dich mit. Weg von deinen Kleidern, von deinen Freunden, von deinem Auto, von der Möglichkeit, wieder anständig nach Hause zu kommen. Die Strömung reißt dich in Gegenden, die dir fremd sind, in denen Strudel und Schnellen und Wehre lauern. So ange-

nehm dieses Gleiten im lautlosen Sog der dahinziehenden Strömung ist, so gefährlich wird sie dem, der nicht, seinen Fuß in den Grund stemmend, Halt gewinnen kann.
Auf den glitschigen Steinen bist du einige Male ausgerutscht. Aber jetzt stehst du. Und auch die umliegenden Ufer stehen jetzt still. Mit unheimlicher Kraft zieht der Fluß weiter an deinen Schenkeln, aber du hast jetzt Grund unter dir und kannst dich in Ruhe entscheiden, ob du dich noch einmal dem Strom anvertraust oder besser ans Ufer steigst.

Eugen Rucker

Der Seiltänzer

In einer Stadt führte ein Seiltänzer in schwindelnder Höhe seine Kunststücke vor. Zum Schluß die Hauptattraktion: Er schiebt eine Schubkarre über das schwankende Seil. Als er sicher an der anderen Seite angekommen ist, fragt er die Zuschauer, ob sie es ihm zutrauen, die Karre auch wieder zurückzuschieben. Die Menge klatscht begeistert Beifall. Er fragt aber noch ein zweites Mal, und wieder erhält er zustimmenden Beifall. Dann fragt er einen einzelnen, der unten am Mast steht: „Sie, trauen Sie es mir auch zu, daß ich die Karre wieder zurückschiebe?" „Aber sicher!" ruft der zurück und klatscht. „Dann", sagt der Akrobat, „dann kommen Sie doch herauf und steigen Sie ein, dann schiebe ich Sie hinüber!" – Nein, so hatte er es nicht gemeint. Er wollte doch Zuschauer bleiben ...

unbekannt

Chance der Bärenraupe

Keine Chance. Sechs Meter Asphalt.
Zwanzig Autos in einer Minute.
Fünf Laster. Ein Schlepper. Ein Pferdefuhrwerk.

Die Bärenraupe weiß nichts von Autos.
Sie weiß nicht, wie breit der Asphalt ist.
Weiß nichts von Fußgängern, Radfahrern, Mopeds.

Die Bärenraupe weiß nur, daß jenseits
Grün wächst. Herrliches Grün, vermutlich freßbar.
Sie hat Lust auf Grün. Man müßte hinüber.

Keine Chance. Sechs Meter Asphalt.
Sie geht los. Geht los auf Stummelfüßen.
Zwanzig Autos in einer Minute.

Geht los ohne Hast. Ohne Furcht. Ohne Taktik.
Fünf Laster. Ein Schlepper. Ein Pferdefuhrwerk.
Geht los und geht und geht und geht und kommt an.

Rudolf Otto Wiemer

Der aufmerksame Mann

Einmal kam einem Mann ein Kamel aus seiner Herde abhanden. Als er auszog, um es zu suchen, holte er in der Steppe einen Reiter ein. Sie begrüßten einander und steckten sich ihre Pfeifchen an.
„Ich habe ein Kamel verloren“, klagte der Mann. „Hast du es nicht gesehen?“
„Ist dein Kamel auf dem linken Auge blind, und fehlen ihm die Vorderzähne?“
„Jaja!“ rief der Mann froh. „Wo ist es denn?“
„Ich weiß nicht, wo dein Kamel ist, ich sah nur gestern seine Spuren.“ Der Besitzer des Kamels aber glaubte ihm nicht, sondern beschuldigte den Reiter, es gestohlen zu haben, und führte ihn vor den Richter. Der fremde Mann aber sagte zum Richter: „Ich kann noch mehr über das Kamel sagen und habe es doch nicht gesehen.“
„Nun, so sprich!“
„Auf der einen Seite trug es ein Fäßchen mit Honig, auf der anderen einen prallen Sack Weizen.“
„Jaja, er ist der Dieb“, rief der Besitzer des Kamels.
Sogar der Richter glaubte das jetzt, doch fragte er den Angeklagten lieber noch einmal: „Hast du das Kamel gesehen?“ Der Mann verneinte es.
„Woher aber weißt du das alles?“
„Nun, daß das Kamel auf dem linken Auge blind ist, sah ich daran, daß nur rechts von seinem Weg Gras abgefressen war.“
„Und woher weißt du, daß es keine Vorderzähne hat?“
„Beim Grasen bleiben in der Mitte immer einige Büschel der schmackhaften Distel stehen.“
„So – und nun sag uns noch, woher du weißt, daß das Kamel Honig und Weizen trug?“

„Ganz einfach – auf der einen Seite des Weges saßen die Fliegen auf den Honigtropfen und auf der anderen hüpften die Spatzen und suchten Weizenkörner."
„Ja, wenn das so war, dann glauben wir dir!" riefen da der Richter und der Mann, der das Kamel verloren hatte, und gaben sich zufrieden.

Klettere nicht auf einen morschen Baum und schrei: Gott hilf mir!

Laß mich der Wirklichkeit ins Gesicht sehen
und die Wahrheit finden.
Nimm mir die lähmende Angst,
die mich kleiner macht, als ich bin.
Höre nicht auf, mir mit deinem Blick zu sagen,
daß ich keine Angst zu haben brauche.
Sei bei mir, Jesus.

Unterscheiden

Gott, schenke uns Gelassenheit
das hinzunehmen,
was wir nicht ändern können.

Gott, schenke uns Mut,
das zu ändern,
was wir ändern können.

Gott, schenke uns Weisheit,
das eine vom andern
zu unterscheiden.

Johann Christoph Oetinger

6 Jeder ist wichtig

Mose sucht Mitarbeiter

Am folgenden Morgen setzte sich Mose, um für das Volk Recht zu sprechen. Die Leute mußten vor Mose vom Morgen bis zum Abend anstehen. Als der Schwiegervater des Mose sah, was er alles für das Volk zu tun hatte, sagte er: Was soll das, was du da für das Volk tust? Warum sitzt du hier allein, und die vielen Leute müssen vom Morgen bis zum Abend vor dir anstehen? Mose antwortete seinem Schwiegervater: Die Leute kommen zu mir, um Gott zu befragen. Wenn sie einen Streitfall haben, kommen sie zu mir. Ich entscheide dann ihren Fall und teile ihnen die Gesetze und Weisungen Gottes mit. Da sagte der Schwiegervater zu Mose: Es ist nicht richtig, wie du das machst. So richtest du dich selbst zugrunde und auch das Volk, das bei dir ist. Das ist zu schwer für dich; allein kannst du es nicht bewältigen. Nun hör zu, ich will dir einen Rat geben, und Gott wird mit dir sein. Vertritt du das Volk vor Gott! Bring ihre Rechtsfälle vor ihn, unterrichte sie in den Gesetzen und Weisungen, und lehre sie, wie sie leben und was sie tun sollen. Du aber sieh dich im ganzen Volk nach tüchtigen, gottesfürchtigen und zuverlässigen Männern um, die Bestechung ablehnen. Gib dem Volk Vorsteher für je tausend, hundert, fünfzig und zehn! Sie sollen dem Volk jederzeit als Richter zur Verfügung stehen. Alle wichtigen Fälle sollen sie vor dich bringen, die leichteren sollen sie selber entscheiden. Entlaste dich, und laß auch andere Verantwortung tragen!

Exodus 18,13–22

Georg: Endlich mal eine Stelle in der Bibel, wo ein bißchen „Demokratie“ vorkommt. Nicht einer macht alles allein, sondern die Aufgaben werden verteilt.

Claudia: Genau! „Entlaste dich, und laß auch andere Verantwortung tragen.“ Dieser Satz fiel mir auf, weil mich das an meine Gruppe erinnert.

Georg: Wieso?

Claudia: Naja, wenn wir etwas unternehmen wollen, gehen mir die Vorbereitungen meiner Gruppenmitglieder oft viel zu langsam, und was dabei herauskommt, finde ich manchmal ganz schön bescheuert. Dann mache ich es am liebsten gleich selbst.

Georg: Warum auch nicht? Letztlich bist doch du verantwortlich!

Claudia: Nein – das glaube ich nicht. Wir sind gemeinsam verantwortlich! Wenn ich immer alles alleine mache, ist es vielleicht perfekter – aber die anderen haben keine Chance, etwas zu lernen. Jeder muß lernen, daß er mit seinen Fähigkeiten an seinem Platz wichtig ist. Wir können uns gegenseitig ergänzen; auch kleine Dienste sind wichtig.

Georg: So gesehen, war der Rat des Schwiegervaters an Moses ja sehr weise: Nicht nur Moses – viele sind kompetent! Ein einzelner wird entlastet. Gemeinsam geht es besser, und alle werden zufriedener.

Claudia: Übrigens fällt mir ein: In der Apostelgeschichte gibt es eine ähnliche Begebenheit. Die Apostel verteilen die Gemeindedienste auf mehrere Schultern.

Georg: Manchmal wünschte ich mir das auch für unsere Pfarrei. Unsere Jugend wird nicht besonders ernst genommen. Alle sind doch getauft und gefirmt. Haben nur die Pfarrer und Diakone und die Berufschristen den Heiligen Geist?

Claudia: Wir sollten mit denen über diese Geschichte diskutieren. Ich habe das Gefühl, die überschätzen ihre Verantwortung ganz schön.

Der Himmel bleibt an seinem Ort

Ein Vogel lag auf dem Rücken und hielt die Beine starr gegen den Himmel gestreckt. Ein anderer Vogel kam vorüber, wunderte sich und fragte: Was ist mit dir? Warum liegst du auf dem Rücken?
Da antwortete der: Ich trage den Himmel auf meinen Füßen. Wenn ich ihn loslasse und die Beine anziehe, stürzt der Himmel herab.
In diesem Augenblick löste sich ein Blatt vom nahen Eichenbaum und fiel mit leisem Rascheln zur Erde. Darüber erschrak der Vogel so sehr, daß er sich geschwind umdrehte und so schnell er konnte davonflog. Der Himmel aber blieb an seinem Ort.

weitererzählt in einer der
Gemeinschaften Christlichen Lebens (GCL)

Eine *Blume* ist wie
eine Sonne, die immer scheint.

Unser *Gottesdienst* ist wie
ein Lexikon – alles wird erklärt.

Unsere *Gruppenstunde* ist wie
eine Kette von sinnlosen Aktivitäten,
aber immer auf einem sinnvollen Hintergrund.

Metapher-Meditationen aus der Pfarrjugend

Die Ameise und die Grille

Eines Tages gingen eine Ameise und eine Grille gemeinsam des Weges. Sie kamen an einen kleinen Fluß, und die Grille sagte: „Ameise, meine Freundin, ich kann über den Fluß hinüberspringen. Wie steht es mit dir?“ – „Das kann ich sicher auch“, antwortete die Ameise. Sofort sprang die Grille und hatte Erfolg. Auch die Ameise versuchte es, glitt aber aus und fiel ins Wasser. „Hilf mir, Grille, zieh mich mit einem Seil heraus“, rief sie ängstlich. Die Grille lief davon und suchte ein Seil. Da traf sie das Schwein, und sie sagte: „Bruder Schwein, hilf mir bitte. Gib mir ein paar von deinen Borsten, damit ich ein Seil machen kann, um der Ameise, die in den Fluß gefallen ist, zu helfen.“ Das Schwein antwortete: „Gib mir erst eine Kokosnuß. Dann werde ich dir viele meiner Borsten geben.“ Schnell lief die Grille davon und suchte die Kokospalme auf. Sie sagte: „Hei, Kokospalme, hilf mir, bitte. Gib mir eine von deinen Nüssen, damit ich sie dem Schwein geben kann, damit es mir von seinen Borsten gibt, damit ich ein Seil machen kann, um der Ameise, die ins Wasser gefallen ist, zu helfen.“ – „Vertreibe erst die Krähe, die sich hier niedergesetzt hat und meine Blätter belastet. Dann werde ich dir eine Kokosnuß geben“, antwortete die Palme. „Krähe, willst du bitte die Kokospalme verlassen, damit sie mir eine Nuß gibt, die ich dem Schwein geben kann, damit das Schwein mir von seinen Borsten gibt, aus denen ich ein Seil machen will, um der ins Wasser gefallenen Ameise zu helfen.“ Und was antwortet die Krähe? „Ich werde weggehen, vorausgesetzt, du gibst mir ein Ei“, antwortete sie. Die Grille lief davon und suchte das Huhn auf und erbat von ihm ein Ei. Aber das Huhn antwortete: „Bring mir ein paar Körner Reis und Mais, dann werde ich dir ein Ei geben." Schnell eilte die Grille zu dem Vorratsspeicher und erbat ein paar Körner Reis und Mais. Der Vorratsspeicher antwortete: „Vertreibe erst die Ratte, die sich in meinem Inneren eingenistet hat. Dann werde ich dir Reis und Mais geben." Die Ratte wollte nur unter der Bedingung fortgehen, daß sie zuerst Kuhmilch bekam. Da ging die Grille zu der Kuh und bat sie um etwas Milch. Die Kuh antwortete: „Gib mir ein Bündel Alang-alang, dann werde ich dir einen Becher frischer Milch geben." Schnell ging die Grille auf die Wiese, schnitt Alang-alang, und nachdem sie es gebündelt hatte, gab sie es der Kuh. Von der Kuh bekam sie frische Milch, und die gab sie der Ratte. Die Ratte nahm die Milch und verließ den Vorratsspeicher. Von dem Vorratsspeicher bekam die Grille einige Körner Reis und Mais, die sie gleich dem Huhn gab. Das Huhn gab ihr ein Ei, das sie schnell der Krähe gab. Die Krähe nahm das Ei und flog weg von der Kokospalme. Von der Kokospalme bekam die Grille eine Nuß, die sie schnell dem Schwein gab. Und von dem Schwein bekam sie einige Borsten. Als die Grille die Borsten bekommen hatte, wand sie sie gleich zu einem Seil. Schnell half sie der Ameise, warf das eine Ende des Seiles in den Fluß und hielt das andere fest. Die Ameise kletterte auf das Seil und gelangte wohlbehalten wieder ans Ufer. „Hab Dank, Grille, meine Freundin", sagte die Ameise erfreut. „Aber bitte", erwiderte die Grille lächelnd, „Freunde müssen einander helfen."

Indonesisches Märchen

Keine Straße ist lang
mit einem Freund an der Seite.

Die Spinne und die Weisheit

Kwaku Ananse – so heißt das afrikanische Spinnenmännchen, von dem man viele Geschichten berichtet – ärgerte sich schon seit Jahren, daß es unter den Menschen so viele weise Männer gibt. Darum beschloß Ananse, für sich und seine Nachkommen alle Weisheit der Welt einzusammeln. Zu diesem Zweck nahm er einen großen Topf mit einem Deckel und machte sich damit auf die Wanderschaft. Er ging durch manches Land und stellte Menschen und Tiere, denen er begegnete, die schwierigsten Fragen. Erhielt er eine kluge Antwort, so öffnete er schnell den Deckel seines Kruges, flüsterte die Weisheit hinein und schloß eilig wieder zu. Als Kwaku Ananse nach einiger Zeit glaubte, alle Weisheit dieser Welt in seinem Topf gesammelt zu haben, machte er sich wieder auf den Heimweg. Zu Hause jedoch fürchtete er, man könnte ihm seinen kostbaren Schatz stehlen. Deshalb beschloß er, den Krug in den höchsten Ästen eines riesigen Baumes zu verstecken. Aber – wie sollte er mit seinem Krug dort hinaufgelangen? Kwaku Ananse hatte, wie ihm schien, einen guten Gedanken: Er band sich den Krug mit Schlingpflanzen vor seinen Bauch und versuchte, damit den dicken Stamm hinaufzuklettern. Doch er hatte nicht überlegt, daß der Krug einen ansehnlichen Umfang besaß und daß er deshalb mit seinen Armen und Beinen die Rinde des Baumes nicht erreichen konnte. Drei Tage lang versuchte er vergeblich, mit seinem Krug vor dem Bauch am Stamm emporzukommen; immer wieder fiel er auf den Rücken. So traf ihn ein Hase, der fragte: „Kwaku Ananse, was hast du denn in deinem Kruge?“ Ängstlich antwortete das Spinnenmännchen: „Das ist ein großes Geheimnis, welches ich dir nicht verraten kann. Aber ich sollte diesen Krug dringend in der Baumkrone verstekken." Da sprach der Hase: „Wäre es nicht einfacher, du würdest den Krug auf deinen Rücken binden?" – „Was sagst du da?" schrie Kwaku Ananse. „Ich glaubte, ich hätte alle Weisheit der Welt in meinem Krug eingefangen. Nun sehe ich, daß es immer noch gescheitere Leute gibt, als ich es bin!" Wütend riß er das Gefäß von seinem Bauch und schleuderte es mit aller Gewalt gegen den Baum, wo es in tausend Scherben zersprang. Seither ist die Weisheit wieder überall auf der Welt zu finden.

Afrikanisches Märchen

Niemals fürchtete ich jene,
die anderer Meinung waren.
Nur vor denen hatte ich ein Grauen,
die zu feige waren,
ihre andere Meinung auszusprechen.

Pablo Picasso

Die Geschichte vom Bambus

Es war einmal ein wunderschöner Garten. Der lag im Westen des Landes mitten in einem großen Königreich. Dort pflegte der Herr des Gartens in der Hitze des Tages spazierenzugehen. Ein edler Bambusbaum war ihm der schönste und liebste von allen Pflanzen, Bäumen und Gewächsen im Garten. Jahr für Jahr wuchs dieser Bambus und wurde immer anmutiger. Er wußte es wohl, daß der Herr ihn liebte und seine Freude an ihm hatte.
Eines Tages näherte sich der Herr nachdenklich seinem geliebten Baum, und in einem großen Gefühl von Verehrung neigte der Bambus seinen mächtigen Kopf zur Erde. Der Herr sprach zu ihm: „Lieber Bambus, ich brauche dich!“ – Es schien, als sei der Tag aller Tage gekommen, der Tag, für den der Baum geschaffen worden war. Der Bambus antwortete leise: „Ich bin bereit, gebrauche mich, wie du willst.“
„Bambus“, die Stimme des Herrn war ernst, „um dich gebrauchen zu können, muß ich dich beschneiden.“
„Mich beschneiden? Mich, den du, Herr, zum schönsten in deinem Garten gemacht hast? Nein, bitte das nicht, bitte nicht! Verwende mich doch zu deiner Freude, Herr, aber bitte, beschneide mich nicht!“
„Wenn ich dich nicht beschneide, kann ich dich nicht gebrauchen.“
Im Garten wurde es ganz still. Der Wind hielt den Atem an. Langsam beugte der Bambus seinen herrlichen Kopf. Dann flüsterte er: „Herr, wenn du mich nicht gebrauchen kannst, ohne mich zu beschneiden, dann – tu mit mir, wie du willst, und beschneide mich.“
„Ich muß dir aber auch deine Äste abschneiden.“

„Ach, Herr, davor bewahre mich! Zerstöre meine Schönheit, aber laß mir doch bitte Blätter und Äste."
„Wenn ich sie dir nicht abhaue, kann ich dich nicht gebrauchen."
Die Sonne versteckte ihr Gesicht. Ein Schmetterling flog ängstlich davon. Und der Bambus, zitternd vor Erwartung dessen, was auf ihn zukam, sagte leise: „Herr, schlage sie ab."
„Mein Bambus, ich muß dir noch mehr antun, ich muß dich mitten durchschneiden und dein Herz herausnehmen. Wenn ich das nicht tue, kann ich dich nicht gebrauchen."
Da neigte sich der Bambus bis zur Erde: „Herr, schneide und teile!"
So beschnitt der Herr des Gartens den Bambus, hieb seine Äste ab, streifte seine Blätter ab, teilte ihn in zwei Teile und schnitt sein Herz heraus. Dann trug er ihn dahin, wo schon aus einer Quelle frisches, sprudelndes Wasser sprang, mitten in die trockenen Felder. Dort legte der Herr vorsichtig den Bambus auf den Boden. Das eine Ende des abgeschlagenen Stammes verband er mit der Quelle, das andere Ende führte er zu der Wasserrinne im Feld. Das klare, glitzernde Wasser schoß durch den zerschlagenen Körper des Bambus in den Kanal und floß auf die dürren Felder, die so darauf gewartet hatten. Dann wurde der Reis gepflanzt, und die Tage vergingen, die Saat ging auf, wuchs, und die Erntezeit kam. So wurde der einst so herrliche Bambus wirklich zum Segen.

Johannes Kuhn

Die kleine Schraube

Es gab einmal in einem riesigen Schiff eine ganz kleine Schraube, die mit vielen anderen ebenso kleinen Schrauben zwei große Stahlplatten miteinander verband. Diese kleine Schraube fing an, bei der Fahrt mitten im Indischen Ozean etwas lockerer zu werden, und drohte herauszufallen. Da sagten die nächsten Schrauben zu ihr: „Wenn du herausfällst, dann gehen wir auch." Und die Nägel unten am Schiffskörper sagten: „Uns wird es auch zu eng, wir lockern uns auch ein wenig." Als die großen eisernen Rippen das hörten, da riefen sie: „Um Gottes willen bleibt; denn wenn ihr nicht mehr haltet, dann ist es um uns geschehen!" Und das Gerücht von dem Vorhaben der kleinen Schraube verbreitete sich blitzschnell durch den ganzen riesigen Körper des Schiffes. Es ächzte und erbebte in allen Fugen. Da beschlossen sämtliche Rippen und Platten und Schrauben und auch die kleinsten Nägel, eine gemeinsame Botschaft an die kleine Schraube zu senden, sie möge doch bleiben; denn sonst würde das ganze Schiff bersten und keine von ihnen die Heimat erreichen. Das schmeichelte dem Stolz der kleinen Schraube, daß ihr solch ungeheure Bedeutung beigemessen wurde, und sie ließ sagen, sie wolle sitzenbleiben.

Rudyard Kipling

Der Blinde und der Lahme

Ein Blinder und ein Lahmer wurden von einem Waldbrand überrascht. Die beiden gerieten in Angst. Der Blinde floh gerade aufs Feuer zu. „Flieh nicht dorthin!“ rief der Lahme.
Der Blinde fragte: „Wohin soll ich mich wenden?“ Der Lahme: „Ich könnte dir den Weg vorwärts zeigen, so weit du wolltest. Da ich aber lahm bin, so nimm mich auf deine Schultern, damit ich dir angebe, wie du dem Feuer, den Schlangen und Dornen aus dem Wege gehen kannst, und damit ich dich glücklich in die Stadt weisen kann!“
Der Blinde folgte dem Rat des Lahmen, und zusammen gelangten die beiden wohlbehalten in die Stadt.

aus Indien

Herr Brockstiepel verabschiedet einen Gastarbeiter

du brauchst ja fast
einen Waggon für
die vielen schönen
sachen die du aus
unserem land schleppst!
sagt herr brockstiepel
zu einem gastarbeiter
der zwischen seinen
gepäckstücken
auf dem bahnsteig
wartet.
für die wichtigsten
sachen brauche ich
nicht mal einen
koffer,
sagt der gastarbeiter.
zum beispiel
eine steinstaublunge
und das
kündigungsschreiben
der bergbaudirektion
nach vierzehn jahren
ununterbrochener
arbeit in
eurem land

Josef Reding

„Ich habe ihn so
zur Schnecke gemacht,
daß er sich nicht mehr
getraut hat,
den Mund aufzumachen“,
berichtet er triumphierend
und hebt sein Glas.

Mir
wird es auf einmal kalt,
und ich spüre,
wie mir Schnecken
immer sympathischer
werden.

Herr,
sei vor uns und leite uns.
Sei hinter uns
und zwinge uns.
Sei unter uns
und trage uns.
Sei über uns
und segne uns.

Nathan Söderblom

7 Genug für alle

Genug für alle

In jenen Tagen waren wieder einmal viele Menschen um Jesus versammelt. Da sie nichts zu essen hatten, rief er die Jünger zu sich und sagte: Ich habe Mitleid mit diesen Menschen; sie sind schon drei Tage bei mir und haben nichts mehr zu essen. Wenn ich sie hungrig nach Hause schicke, werden sie unterwegs zusammenbrechen; denn einige von ihnen sind von weither gekommen. Seine Jünger antworteten ihm: Woher soll man in dieser unbewohnten Gegend Brot bekommen, um sie alle satt zu machen? Er fragte sie: Wie viele Brote habt ihr? Sie antworteten: Sieben. Da forderte er die Leute auf, sich auf den Boden zu setzen. Dann nahm er die sieben Brote, sprach das Dankgebet, brach die Brote und gab sie seinen Jüngern zum Verteilen; und die Jünger teilten sie an die Leute aus. Sie hatten auch noch ein paar Fische bei sich. Jesus segnete sie und ließ auch sie austeilen. Die Leute aßen und wurden satt. Dann sammelte man die übriggebliebenen Brotstücke ein, sieben Körbe voll. Es waren etwa viertausend Menschen beissmmen. Danach schickte er sie nach Hause. Gleich darauf stieg er mit seinen Jüngern ins Boot und fuhr in das Gebiet von Dalmanuta.

Markus 8,1–8

Georg: Ich will ehrlich sein. Mit dieser Geschichte kann ich echt nichts anfangen. Klingt wie ein Märchen aus Tausendundeine Nacht. Ich erinnere mich nur noch, was unser Religionslehrer dazu sagte: Die Juden glaubten damals, wenn der Messias kommt, wären Hunger und Not zu Ende, alles gäbe es in Hülle und Fülle, sogar im Überfluß. Markus wollte mit dieser Geschichte sagen: Mit Jesus ist alles eingetreten, was ihr vom Messias erhofft, Jesus ist der Messias! Aber heute?

Claudia: Auch mir ist das Wunder der Vermehrung schleierhaft. Aber der zweite Vers beginnt mit einem Wort, das sehr viel mit heute zu tun hat: „Ich habe Mitleid ...“; das heißt lateinisch – das habe ich neulich gelesen – „Misereor“.

Georg: Misereor? Denkst du an das große kirchliche Hilfswerk für die sogenannte Dritte Welt?

Claudia: Ja. Misereor und die anderen kirchlichen Hilfswerke sagen: Wir müssen teilen lernen, es gibt genug für alle. Es ist nur ungerecht verteilt. Alle können satt werden. So verstanden, ist etwas Ähnliches möglich wie damals bei Jesus.

Georg: Mensch, jetzt geht mir ein Licht auf: Jesus gibt den Jüngern das Brot zum Verteilen. „Brot teilen“ heißt also, modern gesprochen, alles teilen, was wir haben: unsere Nahrung, unsere Talente und Fähigkeiten, unsere Zeit, unser Engagement, unseren Glauben ...

Claudia: Vermutlich haben die Apostel damals gedacht: Jesus spinnt – ein paar Fische und sieben Brote für so viele Menschen?!! Aber sie haben ihm vertraut. Das Vertrauen auf den Meister machte das Brotwunder möglich.

Georg: Das ist wahr. Jetzt wird mir einiges klar: Auch heute wäre mehr Gerechtigkeit auf der Welt möglich, wenn wir nur daran glaubten und handelten. Martin Luther King, Mutter Teresa und viele andere glauben und hoffen und handeln in fast aussichtslosen Situationen, und schrittweise verändern sich Verhältnisse und Menschen.

Claudia: Jetzt ist uns diese Bibelgeschichte doch etwas nähergekommen. Zwei Dinge sind mir besonders wichtig: erstens teilen und dabei nicht kleinlich rechnen, und zweitens, es geht mehr als wir ahnen, wenn wir nur fest daran glauben und vertrauen ...

Georg: ... auf Gottes Hilfe und die Fähigkeiten der Menschen!

Das goldene Reiskorn

Ich ging als Bettler von Tür zu Tür die Dorfstraße entlang. Da erschien in der Ferne dein goldener Wagen wie ein schimmernder Traum, und ich fragte mich, wer dieser König der Könige sei. Hoffnung stieg in mir auf: die schlimmen Tage schienen vorüber; ich erwartete Almosen, die geboten wurden, ohne daß man um sie bat, und Reichtümer, die in den Sand gestreut wurden. Der Wagen hielt an, wo ich stand. Dein Blick fiel auf mich, und mit einem Lächeln stiegest du aus. Endlich fühlte ich mein Lebensglück kommen. Dann strecktest du plötzlich die rechte Hand aus und sagtest: „Was hast du mir zu schenken?“ Welch königlicher Scherz war das, bei einem Bettler zu betteln! Ich war verlegen, stand unentschlossen da, nahm schließlich aus meinem Beutel ein winziges Reiskorn und gab es dir. Doch wie groß war mein Erstaunen, als ich am Abend meinen Beutel umdrehte und zwischen dem wertlosen Plunder das kleine Korn wiederfand – zu Gold verwandelt. Da habe ich bitterlich geweint, und es tat mir leid, daß ich nicht den Mut gefunden hatte, dir mein Alles zu geben.

Rabindranath Tagore

Verweigerst du Gott das Salz,
verweigert er dir den Fisch.

Himmel und Hölle

Ein Rabbiner wurde von seinem Sohn gefragt: „Vater, wie stellst du dir Himmel und Hölle vor?" Der Rabbi antwortete: „Ich sehe einen Saal. Darin steht eine große Tafel mit köstlichen Speisen. Die Menschen an dieser Tafel haben steife Handgelenke. Sie haben Messer und Gabeln mit überlangen Stielen. Sie sind ihnen an ihre steifen Handgelenke gebunden. – Dann ertönt ein Zeichen, und alle stürzen sich auf die Speisen. Sie fahren mit ihren überlangen Messern und Gabeln umher, erreichen aber nichts. Sie werden immer gieriger, aber sie bekommen nichts in ihren Mund. „So", sagte der Rabbi, „scheint mir die Hölle zu sein."
„Und wie sieht es im Himmel aus?" fragte der Sohn. „Wieder stelle ich mir einen Saal vor. Darin steht eine große Tafel mit köstlichen Speisen. Die Menschen an der Tafel haben steife Handgelenke. Sie haben Messer und Gabeln mit überlangen Stielen. Sie sind ihnen an ihre steifen Handgelenke gebunden. – Dann ertönt ein Zeichen, und alle beginnen zu essen. Sie schneiden mit ihren überlangen Messern und füttern sich gegenseitig mit ihren überlangen Gabeln an den steifen Handgelenken. Sie essen und feiern miteinander ein Freudenmahl. „So", sagte der Rabbi zu seinem Sohn, „scheint mir der Himmel zu sein."

Gott gibt, aber er verkauft nicht.

Die Parabel vom modernen Menschen

Ein moderner Mensch verirrte sich in einer Wüste. Tage- und nächtelang irrte er umher. Wie lange braucht man, um zu verhungern und zu verdursten? Das überlegte er sich beständig. Er fieberte. Wenn er erschöpft ein paar Stunden schlief, träumte er von Wasser, von Orangen und Datteln. Dann erwachte er zu schlimmerer Qual und taumelte weiter.

Da sah er in einiger Entfernung eine Oase. Aha, eine Fata Morgana, dachte er. Eine Luftspiegelung, die mich narrt und zur Verzweiflung treiben wird, denn in Wirklichkeit ist gar nichts da. Er näherte sich der Oase, aber sie verschwand nicht. Sie wurde im Gegenteil immer deutlicher. Er sah die Dattelpalmen, das Gras und die Felsen, zwischen denen ein Quell entsprang. Es kann natürlich eine Hungerphantasie sein, die mir mein halb wahnsinniges Hirn vorgaukelt, dachte er. Solche Phantasien hat man ja in meinem Zustand. Natürlich – jetzt höre ich sogar das Wasser sprudeln. Eine Gehörhalluzination. Wie grausam die Natur ist! –

Mit diesen Gedanken brach er zusammen. Er starb mit einem lautlosen Fluch auf die unerbittliche Bösartigkeit des Lebens.

Eine Stunde später fanden ihn zwei Beduinen. „Kannst du so etwas verstehen?“ sagte der eine Beduine zum anderen. „Die Datteln wachsen ihm beinahe in den Mund – er hätte nur die Hand auszustrecken brauchen. Und dicht neben der Quelle liegt er, mitten in der schönen Oase – verhungert und verdurstet. Wie ist das nur möglich?“

„Er war halt ein moderner Mensch“, antwortete der andere Beduine. „Er hat nicht daran geglaubt.“

unbekannt

Das Veilchen am Nordpol

Am Nordpol schnupperte ein Eisbär eines Morgens. Er roch einen ungewöhnlichen Duft in den Lüften und machte die große Eisbärin darauf aufmerksam: „Ob eine Expedition angekommen ist?“

Aber erst die kleinen Eisbären entdeckten es. Es war ein ganz kleines Veilchen, das vor Frost zitterte, aber mutig die eisige Luft, die es umwehte, mit seinem süßen Duft durchdrang, denn das war seine Pflicht und Aufgabe.

„Mama, Papa!“ schrien die kleinen Eisbären. „Ich habe es ja gleich gesagt, daß etwas Sonderbares in der Luft liegt“, machte der große Eisbär als erstes seine Familie aufmerksam. „Und ich bin der Meinung, daß es sich nicht um einen Fisch handelt.“

„Nein ganz sicher nicht“, sagte die große Eisbärin, „aber ein Vogel ist es auch nicht.“

„Da hast du wieder recht“, sagte der Eisbär, nachdem er zuerst ein gutes Weilchen über den Ausspruch seiner Gattin nachgedacht hatte.

Und noch vor Abend verbreitete sich am Nordpol die Nachricht: Ein kleines merkwürdiges, duftendes Wesen von violetter Farbe ist auf der Eiswüste aufgetaucht, es steht nur auf einer einzigen Pfote und bewegt sich nicht.

Um sich das Veilchen anzusehen, kamen Seehunde und Walrosse, aus Sibirien eilten Rentiere herbei, von Amerika die Moschusochsen und von noch weiter Weißfüchse, Wölfe und Möwen. Alle bewunderten die unbekannte Blume, ihren zitternden Stengel, alle atmeten ihren Duft ein; aber immer blieb noch genug für die neuen Besucher übrig, das Veilchen duftete wie am Morgen.

„Um so viel Duft auszuströmen“, meinte eine Robbe, „muß es eine Duftreserve unterm Eis haben.“

Eine Möwe, die man nach dem Süden geschickt hatte, um Erkundigungen einzuholen, kam mit der Nachricht zurück, daß dieses kleine duftende Wesen sich Veilchen nenne und daß es in den warmen Ländern Millionen Veilchen gäbe.
„Jetzt wissen wir genausoviel wie vorher", meinte die Robbe. „Wie kommt es aber, daß dieses Veilchen ausgerechnet hier aufgetaucht ist? Also, ich sage euch, was ich denke: Ich bin perplex!"
„Was hat sie gesagt?" fragte der Eisbär seine Frau.
„Perplex. Das heißt, sie weiß nicht, was sie von der Sache halten soll."
„Ja", rief der Eisbär, „das ist genau das, was ich auch denke."
Diese Nacht aber bebte der ganze Pol von einem knarrenden Stöhnen. Das ewige Eis erzitterte wie Glas und brach an manchen Stellen. Das kleine Veilchen nahm seine ganze Kraft zusammen und strömte seinen Duft aus, so stark es nur konnte, so, als ob es entschlossen wäre, auf einmal diese unendliche Eiswüste aufzutauen und sie in ein warmes, tiefblaues Meer zu verwandeln oder in eine grünsamtne Wiese. Doch diese übermächtige Anstrengung erschöpfte es vollkommen. Als der Morgen heraufdämmerte, sah man, wie es dahinwelkte, den Kopf müde auf seinen Stengel hängen ließ und Farbe und Leben verlor.
Sein letzter Gedanke muß, in unsere Sprache übersetzt, ungefähr dieser gewesen sein: „Nun sterbe ich also ... aber irgend jemand muß doch mit Duften anfangen ... eines Tages werden Millionen Veilchen hier blühen. Das Eis wird auftauen, und es wird Inseln hier geben und Häuser und Kinder."

Gianni Rodari

Brot in deiner Hand

An der Jakobstraße in Paris liegt ein Bäckerladen; da kaufen viele hundert Menschen ihr Brot. Der Besitzer ist ein guter Bäcker. Aber nicht nur deshalb kaufen die Leute des Viertels dort gern ihr Brot. Noch mehr zieht sie der alte Bäcker an: der Vater des jungen Bäckers. Meistens ist nämlich der alte Bäcker im Laden und verkauft. Dieser alte Bäcker ist ein spaßiger Kerl. Manche sagen: Er hat einen Tick. Aber nur manche; die meisten sagen: Er ist weise, er ist menschenfreundlich. Einige sagen sogar: Er ist ein Prophet. Aber als ihm das erzählt wurde, knurrte er vor sich hin: „Dummerei ..."
So war das oft in dem Brotladen, in dem der alte Bäcker die Kunden bediente. Aber es passierte auch anderes, über das sich die Leute noch mehr wunderten. Da gab es zum Beispiel einmal die Geschichte mit Gaston:
An einem frühen Morgen wurde die Ladentür aufgerissen, und ein großer Kerl stürzte herein. Er lief vor jemandem fort; das sah man sofort. Und da kam ihm der offene Bäckerladen gerade recht. Er stürzte also herein, schlug die Tür hastig hinter sich zu und schob von innen den Riegel vor.
„Was tun denn Sie da?" fragte der alte Bäcker. „Die Kunden wollen zu mir herein, um Brot zu kaufen. Machen Sie die Tür sofort wieder auf."
Der junge Mann war ganz außer Atem. Und da erschien vor dem Laden auch schon ein Mann wie ein Schwergewichtsboxer, in der Hand eine Eisenstange. Als er im Laden den jungen Kerl sah, wollte er auch hinein. Aber die Tür war verriegelt.
„Er will mich erschlagen", keuchte der junge Mann.
„Wer? Der?" fragte der Bäcker.

„Mein Vater", schrie der Junge, und er zitterte am ganzen Leibe. „Er will mich erschlagen. Er ist jähzornig. Er ist auf neunzig!"
„Das laß mich nur machen", antwortete der alte Bäcker, ging zur Tür, schob den Riegel zurück und rief dem schweren Mann zu: „Guten Morgen, Gaston! Am frühen Morgen regst du dich schon so auf? Das ist ungesund. So kannst du nicht lange leben. Komm herein, Gaston. Aber benimm dich. Laß den Jungen in Ruh! In meinem Laden wird kein Mensch umgebracht."
Der Mann mit der Eisenstange trat ein. Seinen Sohn schaute er gar nicht an. Und er war viel zu erregt, um dem Bäcker antworten zu können. Er wischte sich mit der Hand über die feuchte Stirn und schloß die Augen. Da hörte er den Bäcker sagen: „Komm, Gaston, iß ein Stück Brot; das beruhigt. Und iß es zusammen mit deinem Sohn; das versöhnt. Ich will auch ein Stück Brot essen, um euch bei der Versöhnung zu helfen." Dabei gab er jedem ein Stück Weißbrot. Und Gaston nahm das Brot, auch sein Sohn nahm das Brot. Und als sie davon aßen, sahen sie einander an, und der alte Bäcker lächelte beiden zu. Als sie das Brot gegessen hatten, sagte Gaston: „Komm, Junge, wir müssen an die Arbeit."
Der alte Bäcker weiß, daß man Brot nicht nur zum Sattessen brauchen kann, und gerade das gefällt den Leuten. Manche erfahren das erst beim Bäcker an der Jakobstraße, zum Beispiel der Autobusfahrer Gerard, der einmal zufällig in den Brotladen an der Jakobstraße kam.
„Sie sehen bedrückt aus", sagte der alte Bäcker zum Omnibusfahrer. „Ich habe Angst um meine kleine Tochter", antwortete der Busfahrer Gerard. „Sie ist gestern aus dem Fenster gefallen, vom zweiten Stock."
„Wie alt?" fragte der alte Bäcker.

„Vier Jahre", antwortete Gerard.
Da nahm der alte Bäcker ein Stück vom Brot, das auf dem Ladentisch lag, brach zwei Bissen ab und gab das eine Stück dem Busfahrer Gerard. „Essen Sie mit mir", sagte der alte Bäcker zu Gerard, „ich will an Sie und Ihre kleine Tochter denken."
Der Busfahrer Gerard hatte so etwas noch nie erlebt, aber er verstand sofort, was der alte Bäcker meinte, als er ihm das Brot in die Hand gab. Und sie aßen beide ihr Brotstück und schwiegen und dachten an das Kind im Krankenhaus.
Zuerst war der Busfahrer Gerard mit dem alten Bäcker allein. Dann kam eine Frau herein. Sie hatte auf dem nahen Markt zwei Tüten Milch geholt und wollte nun eben noch Brot kaufen. Bevor sie ihren Wunsch sagen konnte, gab ihr der alte Bäcker ein kleines Stück Weißbrot in die Hand und sagte: „Kommen Sie, essen Sie mit uns: Die Tochter dieses Herrn liegt schwer verletzt im Krankenhaus – sie ist aus dem Fenster gestürzt. Vier Jahre ist das Kind. Der Vater soll wissen, daß wir ihn nicht allein lassen." Und die Frau nahm das Stückchen Brot und aß mit den beiden.

Heinrich A. Mertens

Ein russischer Bauer fragte seinen Freund:
„Sag mir Iwan, liebst Du mich?"
„Natürlich liebe ich Dich!"
„Weißt Du auch, was mir weh tut?"
„Wie kann ich wissen, was Dir weh tut?"
„Wenn Du nicht weißt, was mir weh tut,
wie darfst Du dann sagen, daß Du mich liebst?"

Bestrafte Habgier

„Mein Honig und Blütenstaub gehören mir und keinem anderen!" sagte eine Blume und ließ weder Biene noch Schmetterling davon naschen.
Dafür welkte sie ziel- und zwecklos dahin und starb ohne Frucht und Samen.

Rudolf Kirsten

Einmal werde ich unter den vielen einen Freund finden, der bei mir bleibt, der auf mich wartet, wenn ich fortgehe, der noch da ist, wenn ich zurückkomme. Er hat Zeit für mich, wenn ich ihn brauche, er hört unabgelenkt zu, er ist mir zugewandt in Distanz und Liebe. Er hat Vertrauen zu mir, er erwartet Gutes und läßt sich nicht beirren durch mein Versagen. Er gibt mir Spielraum und Freiheit, zu sein, der ich bin; er knüpft seine Freundschaft nicht an Bedingungen. Er ist wahrhaftig und täuscht mich nicht, er sagt mir meine Fehler und Schwächen zur richtigen Zeit, behutsam und hilfreich. Er wird mir verzeihen. Er hat Sorge und Angst um mich, wenn ich verzweifelt bin und nicht den richtigen Weg gehe. Er behält die Hoffnung, auch wenn ich sie aufgebe. Wenn ein anderer solch einen Freund sucht, will ich für ihn dieser Freund sein.

8 Wo der Himmel beginnt

Vom Weltgericht

Wenn der Menschensohn in seiner Herrlichkeit kommt und alle Engel mit ihm, dann wird er sich auf den Thron seiner Herrlichkeit setzen. Und alle Völker werden vor ihm zusammengerufen werden, und er wird sie voneinander scheiden, wie der Hirt die Schafe von den Böcken scheidet. Er wird die Schafe zu seiner Rechten versammeln, die Böcke aber zur Linken. Dann wird der König denen auf der rechten Seite sagen: Kommt her, die ihr von meinem Vater gesegnet seid, nehmt das Reich in Besitz, das seit der Erschaffung der Welt für euch bestimmt ist. Denn ich war hungrig, und ihr habt mir zu essen gegeben; ich war durstig, und ihr habt mir zu trinken gegeben; ich war fremd und obdachlos, und ihr habt mich aufgenommen; ich war nackt, und ihr habt mir Kleidung gegeben; ich war krank, und ihr habt mich besucht; ich war im Gefängnis, und ihr seid zu mir gekommen. Dann werden ihm die Gerechten antworten: Herr, wann haben wir dich hungrig gesehen und dir zu essen gegeben, oder durstig und dir zu trinken gegeben? Und wann haben wir dich fremd und obdachlos gesehen und aufgenommen, oder nackt und dir Kleidung gegeben? Und wann haben wir dich krank oder im Gefängnis gesehen und sind zu dir gekommen? Darauf wird der König ihnen antworten: Amen, ich sage euch: Was ihr für einen meiner geringsten Brüder getan habt, das habt ihr mir getan.
Dann wird er sich auch an die auf der linken Seite wenden und zu ihnen sagen: Weg von mir, ihr Verfluchten, in das ewige Feuer, das für den Teufel und seine Engel bestimmt ist! Denn ich war hungrig, und ihr habt mir nichts zu essen gegeben; ich war durstig, und ihr habt mir nichts zu trinken gegeben; ich war fremd und obdachlos, und

ihr habt mich nicht aufgenommen; ich war nackt, und ihr habt mir keine Kleidung gegeben; ich war krank und im Gefängnis, und ihr habt mich nicht besucht. Dann werden auch sie antworten: Herr, wann haben wir dich hungrig oder durstig oder obdachlos oder nackt oder krank oder im Gefängnis gesehen und haben dir nicht geholfen? Darauf wird er ihnen antworten: Amen, ich sage euch: Was ihr für einen dieser Geringsten nicht getan habt, das habt ihr auch mir nicht getan. Und sie werden weggehen und die ewige Strafe erhalten, die Gerechten aber das ewige Leben.

Matthäus 25,31–46

Georg: Wieder so eine Geschichte mit Dingen, die weit weg von meiner Erfahrung liegen: König, Gericht – Schafe rechts, Böcke links ...

Claudia: Gut – wie das einmal am Ende sein wird, ist schon sehr phantasievoll und ausgeschmückt erzählt. Auf einen Satz gebracht, soll das wohl heißen: Wir sind vor Gott für unsere Taten verantwortlich. Der Tod ist unausweichlich – was zählt dann?

Georg: Vielleicht vor allem eins: die Sorge für die „Geringsten".

Claudia: Das Umwerfende dabei ist für mich aber die knallharte Aussage: Was ihr den geringsten Brüdern getan oder nicht getan habt, habt ihr mir – also Gott – getan oder nicht getan. Das heißt doch auf deutsch: Im anderen Menschen treffe ich unmittelbar Gott. So wie ich mit Menschen umgehe, gehe ich zugleich mit Gott um.

Georg: Allmählich geht mir auch ein Licht auf, was Jesus mit „Gericht" meint: Durch unsere Taten oder Versäumnisse richten wir uns selbst. Wie wir mit anderen Menschen umgehen, kann uns selig machen oder die Verwerfung bringen.

Claudia: Ja, das denke ich auch: Diese Geschichte erzählt die entscheidenden Maßstäbe für unser christliches Verhalten. Wir können durch die kleinen Dinge des Alltags selig werden.

Georg: Das ist ja wahnsinnig aufregend: Der Himmel beginnt schon hier auf Erden. Unsere Taten für andere bringen uns in die Nähe Gottes, oder sie entfernen uns von ihm.

Das Ende der Nacht

Ein jüdischer Weiser fragt seine Schüler: „Wie kann man den Augenblick bestimmen, wo die Nacht zu Ende ist und der Tag anbricht?“
Der erste Schüler fragt: „Ist es, wenn man in der Ferne einen Feigenbaum von einer Palme unterscheiden kann?“ Der Rabbi antwortet: „Nein, das ist es nicht.“
Der zweite Schüler meint: „Wenn man ein Schaf von einer Ziege unterscheiden kann, dann wechselt die Nacht zum Tag.“ – „Auch das ist es nicht“, ist die Antwort des Weisen.
„Aber wann ist denn der Augenblick gekommen?“ fragen die Schüler. Der Rabbi antwortet:
„Wenn du in das Gesicht eines Menschen schaust und darin den Bruder oder die Schwester erkennst, dann ist die Nacht zu Ende, dann bricht der Tag an.“

P. Heinz Perne

Weißt du wo
der himmel ist
außen oder innen
eine handbreit
rechts und links
du bist mitten drinnen

weißt du wo
der himmel ist
nicht so tief verborgen
einen sprung
aus dir heraus
aus dem haus der sorgen

weißt du wo
der himmel ist
nicht so hoch da oben
sag doch ja
zu dir und mir
du bist aufgehoben

Wilhelm Willms

Gebrauche das Ruder,
solange du im Wasser bist.

Komme, was mag. Gott ist mächtig.
Wenn unsere Tage verdunkelt sind
und unsere Nächte finsterer als tausend
Mitternächte,
so wollen wir stets daran denken,
daß es in der Welt eine große segnende Kraft
gibt,
die Gott heißt.
Gott kann Wege aus der Ausweglosigkeit
weisen.
Er will das dunkle Gestern
in ein helles Morgen verwandeln –
zuletzt in den leuchtenden Morgen der
Ewigkeit.

Martin Luther King

es kommt die zeit
in der die träume sich erfüllen
wenn friede und freude
und gerechtigkeit
die kreatur erlöst
dann gehen gott und die menschen
hand in hand

G. Schnath

Der Hirt und der König

In einem fremden Lande lebte einst ein König, den am Ende seines Lebens Schwermut befallen hatte. „Schau", sprach er, „ich habe in meinem Erdenleben alles, was nur ein Sterblicher erleben und mit den Sinnen erfassen kann, erfahren, vernommen und geschaut. Nur Gott habe ich nicht gesehen. Ihn wünschte ich noch wahrzunehmen!"
Und der König befahl allen Machthabern, Weisen und Priestern, ihm Gott nahezubringen. Schwerste Strafen wurden ihnen angedroht, wenn sie das nicht vermöchten. Der König stellte eine Frist von drei Tagen. Trauer bemächtigte sich aller Bewohner des königlichen Palastes, und alle erwarteten ihr baldiges Ende. Genau nach Ablauf der dreitägigen Frist, um die Mittagsstunde, ließ der König sie vor sich rufen. Die Münder der Machthaber, der Weisen und Priester blieben stumm, und der König war in seinem Zorn bereits soweit, das Todesurteil zu fällen. Da kam ein Hirt vom Felde, der des Königs Befehl vernommen hatte, und sprach: „Gestatte mir, o König, daß ich deinen Wunsch erfülle." – „Gut", entgegnete der König, „aber bedenke, daß es um deinen Kopf geht."
Der Hirt führte den König auf einen freien Platz und wies auf die Sonne. „Schau hin", sprach er. Der König erhob sein Haupt und wollte in die Sonne blicken, aber der Glanz blendete seine Augen. „Willst du, daß ich mein Augenlicht verliere?" sprach er zu dem Hirten. „Aber König, das ist doch nur ein Ding der Schöpfung, ein kleiner Abglanz der Größe Gottes, ein kleines Fünkchen seines strahlenden Feuers. Wie willst du mit deinen schwachen, tränenden Augen Gott schauen? Suche ihn mit anderen Augen."

Der Einfall gefiel dem König, und er sprach zu dem Hirten: „Ich erkenne deinen Geist und sehe die Größe deiner Seele. Beantworte mir nun eine Frage: Was war vor Gott?" Nach einigem Nachsinnen meinte der Hirt: „Zürne mir nicht wegen meiner Bitte, aber beginne zu zählen ...!" Der König begann: „Eins, zwei ..." – „Nein", unterbrach ihn der Hirte, „nicht so, beginne mit dem, was vor eins kommt." – „Wie kann ich das? Vor eins gibt es doch nichts." –„Sehr weise gesprochen, Herr, auch vor Gott gibt es nichts." Diese Antwort gefiel dem König noch besser als die vorhergehende.
„Ich werde dich reich beschenken; vorher aber beantworte mir noch eine dritte Frage: Was macht Gott?" Der Hirt bemerkte, daß das Herz des Königs weich geworden war. „Gut", entgegnete er, „auch diese Frage kann ich beantworten. Nur um eines bitte ich dich, laß uns für ein Weilchen die Kleider wechseln." Und der König legte die Zeichen seiner Königswürde ab, kleidete damit den Hirten, und sich selbst zog er den unscheinbaren Rock an und hängte sich die Hirtentasche um. Der Hirt setzte sich nun auf den Thron, ergriff das Zepter und wies damit auf den an den Thronstufen mit seiner Hirtentasche stehenden König: „Siehst du, das macht Gott: die einen erhebt er auf den Thron, und die andern heißt er heruntersteigen!"
Und dann zog der Hirte wieder seine eigenen Kleider an. Der König aber stand ganz versonnen da. Das letzte Wort dieses schlichten Hirten brannte in seiner Seele. Und plötzlich erkannte er sich, und unter sichtbaren Zeichen der Freude sprach er: „Jetzt schaue ich Gott!"

Leo Tolstoi

Eine ganz verhaltene Freude

In einem Wohnviertel von Brüssel kenne ich ein besonderes Hotel, an dessen Eingang es keine Stufen gibt. Die Schwelle ist eben, um Krankenstühle ungehindert passieren zu lassen. Das Hotel wird von einer christlichen Gemeinschaft geführt. In dieser Gemeinschaft leben alte Frauen, Alkoholikerinnen, Flüchtlinge aus Pakistan und Indien zusammen mit vier körperlich Behinderten. Eine dieser Behinderten, ein junges Mädchen, das sich nur verständlich machen kann, indem es Worte auf einer Schreibmaschine schreibt, hat kürzlich im französischen Fernsehen an einer Diskussion über Behindertenprobleme teilgenommen. Als sie um ihre Meinung befragt wurde, tippte sie einige Buchstaben auf ihrer Schreibmaschine. Die Kamera ging nahe an das Blatt Papier heran. Da stand: Halleluja!

Georges Hourdin

In seiner Gegenwart

Von der Welt wegblicken,
das hilft nicht zu Gott.

Auf die Welt hinstarren,
das hilft auch nicht zu ihm.

Aber wer die Welt in ihm schaut,
steht in seiner Gegenwart.

Martin Buber

Allahs Bote

Eine alte arabische Sage erzählt von einem Scheik, den man den „Großen“ nannte. Eines Tages stand ein junger Mann in seinem Zelt und grüßte ihn. „Wer bist du?“ fragte der Scheik. „Ich bin Allahs Bote und werde der Engel des Todes genannt.“ Der Scheik wurde ganz bleich vor Schrecken. „Was willst du von mir?“ – „Ich soll dir sagen, daß dein letzter Tag gekommen ist. Mach dich bereit. Wenn morgen abend die Sonne untergeht, komme ich, um dich zu holen.“ Der Bote ging. Das Zelt war leer. Fröhlich klatschte der Scheik in die Hände und befahl einem Sklaven, das schnellste und beste Kamel zu satteln. Er lächelte noch einmal, weil er an den Boten dachte, der morgen abend das Zelt leer finden würde.
Bald war der Scheik weit in der Wüste draußen. Er ritt die ganze Nacht und den ganzen Tag trotz der brennenden Sonne. Er gönnte sich keine Rast. Je weiter er kam, um so leichter war ihm ums Herz. Die Sonne war nicht mehr weit vom Rande der Wüste entfernt. Er sah die Oase, zu der er wollte. Als die Sonne unterging, erreichte er die ersten Palmen. Jetzt war er weit, weit weg von seinem Zelt. Müde stieg er ab, lächelte und streichelte den Hals seines Tieres: „Gut gemacht, mein Freund.“
Er führte sein müdes Tier zum Brunnen. Und am Brunnen saß ruhig und wartete der Bote, der sich Engel des Todes genannt hatte, und sagte: „Gut, daß du da bist. Ich habe mich gewundert, daß ich dich hier, so weit entfernt von deinem Zelt abholen sollte. Ich habe mit Sorge an den weiten Weg, an die brennende Sonne und an dein hohes Alter gedacht. Du mußt sehr schnell geritten sein ...“

nach Fiedler

Das Pfand

Der Rabbi kam aus dem Bethaus. Er vermißte seine beiden Söhne. Mehrmals fragte er seine Frau, wo die Knaben seien. Sie gab ausweichende Antworten. Später sprach sie: „Vor etlicher Zeit kam ein Fremder zu mir und gab mir ein Pfand, damit ich es bewahre. Es waren zwei kostbare Perlen von großer Schönheit. Ich hatte meine Freude an ihnen, als wären sie mein.
Heute, als du im Bethaus warst, ist der Fremde gekommen und hat sein Pfand zurückverlangt. Sollte ich es ihm wiedergeben?"
Streng rügte der Rabbi: „Welch eine Frage! Wie kannst du zögern, anvertrautes Gut zurückzugeben?"
Da nahm die Frau ihn bei der Hand und führte ihn in die Schlafkammer. Sie hob die Decke vom Bett. Da lagen die Knaben, still und schön. Beide waren tot.
Der Rabbi schrie laut auf und warf sich über seine Söhne. Sie aber sprach: „Hast du nicht gesagt, das Pfand müsse zurückgegeben werden? Der Herr hat es gegeben, der Herr hat es genommen. Der Name des Herrn sei gelobt."

Jüdische Legende

Ein guter Mensch am Höllentor

Die Hölle war total überfüllt, und noch immer stand eine lange Schlange am Eingang. Schließlich mußte sich der Teufel selbst herausbegeben, um die Bewerber fortzuschicken. „Bei mir ist alles so überfüllt, daß nur noch ein einziger Platz frei ist", sagte er. „Den muß der ärgste

Sünder bekommen. Sind vielleicht ein paar Mörder da?"
Und nun forschte er unter den Anstehenden und hörte sich deren Verfehlungen an. Was auch immer sie ihm erzählten, nichts schien ihm schrecklich genug, als daß er dafür den letzten Platz in der Hölle hergeben mochte. Wieder und wieder blickte er die Schlange entlang. Schließlich sah er einen, den er noch nicht befragt hatte.
„Was ist eigentlich mit Ihnen – dem Herr, der da für sich allein steht? Was haben Sie getan?"
„Nichts", sagte der Mann, den er so angesprochen hatte. „Ich bin ein guter Mensch und nur aus Versehen hier. Ich habe geglaubt, die Leute ständen hier um Zigaretten an."
„Aber Sie müssen doch etwas getan haben", sagte der Teufel. „Jeder Mensch stellt etwas an."
„Ich sah es wohl", sagte der ‚gute Mensch', „aber ich hielt mich davon fern. Ich sah, wie Menschen ihre Mitmenschen verfolgten, aber ich beteiligte mich niemals daran. Sie haben Kinder hungern lassen und in die Sklaverei verkauft; sie haben auf den Schwachen herumgetrampelt. Überall um mich herum haben Menschen von Übeltaten jeder Art profitiert. Ich allein widerstand der Versuchung und tat nichts."
„Absolut nichts?" fragte der Teufel ungläubig. „Sind Sie sich völlig sicher, daß Sie das alles mitangesehen haben?"
„Vor meiner eigenen Tür", sagte der ‚gute Mensch'.
„Und nichts haben Sie getan?" wiederholte der Teufel.
„Nein!"
„Komm herein, mein Sohn, der Platz gehört dir!"
Und als er den ‚guten Menschen' einließ, drückte sich der Teufel zur Seite, um mit ihm nicht in Berührung zu kommen.

nach Calderon

Laß uns ein Fest feiern

Es war einmal ein armer Holzhacker, der lebte glücklich und zufrieden mit seiner Familie in einem kleinen Hause am Rande des Waldes. Obgleich er sich mit Holzfällen nur mühsam sein tägliches Brot verdiente, klang nach Feierabend für gewöhnlich Lachen und Singen aus dem kleinen Haus, so daß die Leute sich verwunderten.
Eben dies aber ärgerte den König des Landes, dessen Weg zum Schloß ihn täglich am kleinen Haus vorbeiführte. „Was haben Tagelöhner zu lachen?“ fragte er grimmig und schickte eines Tages seinen Diener mit einer Botschaft zum Holzhacker: „Mein Herr und König befiehlt dir, bis morgen früh fünfzig Säcke Sägemehl bereitzustellen. Wenn du das nicht vermagst, sollst du samt deiner Familie umkommen.“
„Ich vermag es ganz gewiß nicht“, klagte der arme Holzfäller. Seine Frau jedoch tröstete ihn: „Lieber Mann, wir haben es gut gehabt in unserem Leben. Wir hatten Freude aneinander und mit unseren Kindern und versuchten, auch andere daran teilhaben zu lassen. Es ist wahr, wir vermögen die Säcke nicht zu füllen. Deshalb laß uns auch in dieser Nacht ein Fest feiern mit unseren Kindern und Freunden zusammen. Wie wir gelebt haben, so wollen wir auch sterben.“
Und so feierten die armen Leute im kleinen Holzfällerhaus ihr schönstes und glücklichstes Fest. Nach Mitternacht gingen die Gäste schlafen, einer nach dem anderen. Zuletzt blieben der Holzfäller und seine Frau allein zurück.
Traurigkeit überkam sie, als die Morgenröte am Horizont aufstieg. „Nun ist es aus mit uns“, klagte die Frau. „Laß gut sein“, tröstete sie ihr Mann. „Es ist besser,

glücklich und in Frieden zu sterben, als ein Leben in Traurigkeit und Angst zu verbringen."
Da klopfte es an die Türe. Der Holzfäller öffnete weit, um den erwarteten Diener des Königs einzulassen. Zögernd trat der Hofbeamte näher und sagte nach einer kurzen Stille: „Holzhacker, stell zwölf eichene Bretter bereit für einen Sarg. Der König ist in dieser Nacht gestorben."

Armenisches Märchen

Wo Himmel und Erde sich berühren

Es waren einmal zwei Mönche, die lasen miteinander in einem alten Buch, am Ende der Welt gäbe es einen Ort, an dem Himmel und Erde sich berührten und das Reich Gottes begänne. Sie beschlossen, ihn zu suchen und nicht umzukehren, ehe sie ihn gefunden hätten. Sie durchwanderten die Welt, bestanden unzählige Gefahren, erlitten alle Entbehrungen, die eine Wanderung durch die ganze Welt fordert, und alle Versuchungen, die einen Menschen von seinem Ziel abbringen können. An diesem Ort sei eine Tür, so hatten sie gelesen. Man brauchte nur anzuklopfen und befände sich im Reiche Gottes.
Schließlich fanden sie, was sie suchten. Sie klopften an die Tür, bebenden Herzens sahen sie, wie sie sich öffnete. Und als sie eintraten, standen sie zu Hause in ihrer Klosterzelle und sahen sich gegenseitig an. Da begriffen sie: Der Ort, an dem das Reich Gottes beginnt, befindet sich auf der Erde, an der Stelle, die Gott uns zugewiesen hat.

alte Legende

Quellenverzeichnis

12 Fundort unbekannt

14 aus: Howard J. Clinebell, Modelle beratender Seelsorge, Chr. Kaiser Verlag, München 1979, [5]1985, S. 9f

17 aus der Zeitschrift schalom, Januar 1982, Jugendhaus Düsseldorf, S. 10

18 aus: Urs Boller (Hrsg.), Spuren, Zürich 1981, Verband Katholischer Pfadfinder, S. 70

19 aus: Kurt Marti, Leichenreden, Luchterhand Verlag, Darmstadt/Neuwied 1969, [8]1983

25 Gina Ruck-Pauquèt, aus: Das Rowohlt rotfuchs Lesebuch, Reinbek 1983. Rechte bei der Autorin, 8170 Bad Tölz

27 Eva Zeller, Auf dem Wasser gehen. Ausgewählte Gedichte, Deutsche Verlagsanstalt, Stuttgart 1979, S. 43

29 aus der Zeitschrift kompass, Heft 2/3, 1983, Verband Katholischer Pfadfinder, CH-8437 Zurzach

31 nach Johannes Jörgensen, aus: Unsere Brücke, Zeitschrift des Erzbischöflichen Jugendamts/BDKJ Freiburg 1978

35 in mehreren Fassungen überliefert, hier nach Urs Boller, Spuren, a. a. O.

36 Peter Bichsel, aus der Geschichte ‚Amerika gibt es nicht', in P. Bichsel, Kindergeschichten, Luchterhand Darmstadt/Neuwied 1969

37 M. Williams, aus: Paul Jakobi (Hrsg.), Damit unser Leben gelingen kann, Grünewald Verlag, Mainz 1981, S. 123

38 Otmar Schnurr, Stoßgebete und ebensolche Seufzer, Herder Verlag, Freiburg 1985, S. 27

45 S. Kierkegaard, nach Harvey Cox, Stadt ohne Gott? Kreuz Verlag, Stuttgart 1969

46 in mehreren Fassungen überliefert, hier nach F. Gypkens

48 Fritz Hohler, aus: Das große Lalula und andere Gedichte und Geschichten von morgens bis abends, für Kinder zusammengestellt von Elisabeth Borchers, Verlag Heinrich Ellermann, München 1971

49 Eckart Bücken, Uwe Seidel, Wolfgang Wende (Hrsg.), Gott gab uns Atem, Düsseldorf 1983

50 Günter Kunert, Verkündigung des Wetters, Carl Hanser Verlag, München/Wien 1966

51 Stephen Joseph (Hrsg.), In den Elendsvierteln von New York. Kinder schildern ihre Welt, dtv, München 1973

57 nach Bergengruens Erzählung ‚Das Netz', 1956

59 aus: Urs Boller, Spuren, a. a. O. Ähnlich in Paul Jakobi (Hrsg.), Damit die Saat aufgeht, Mainz 1984

60 Helder Camara, Mach aus mir einen Regenbogen. Mitternächtliche Meditationen, Pendo Verlag, Zürich 1981, S. 107

61 Hanns Dieter Hüsch, Archeblues und andere Sprechgesänge, Sanssouci Verlag AG, Zürich 1968, S. 141–142

74 Vivekananda, aus: Dietrich Steinwede / Sabine Ruprecht, Vorlesebuch Religion, Kaufmann Verlag u. a., Lahr 1974, S. 350 f

74 Eugen Rucker (Hrsg.), Symbolgeschichten. Praktische Glaubenskunde in Gleichnissen, Pfeiffer-Verlag, München 1975

76 Rudolf Otto Wiemer, Ernstfall. Gedichte, Verlag J. F. Steinkopf, Stuttgart 1973

90 Johannes Kuhn, Ermunterung, Kreuz Verlag, Stuttgart 1980

92 R. Kipling, © Paul List Verlag, München

94 Josef Reding, Nennt sie beim Namen – Asphaltgebete, Herder Verlag, Freiburg 1984. Rechte beim Autor, 4600 Dortmund

95 Fundort unbekannt

101 Rabindranath Tagore, Eine Anthologie, Hyperion Verlag, Freiburg 1961

102 in mehreren Fassungen überliefert, hier nach Paul Jakobi (Hrsg.),Damit unser Leben gelingen kann, a. a. O., S. 105. In Urs Boller, Spuren, als chinesisches Märchen angegeben, S. 81

104 Gianni Rodari, Gutenachtgeschichten am Telefon, K. Thienemanns Verlag, Stuttgart 1964

106 Heinrich A. Mertens, Brot in deiner Hand, Pfeiffer-Verlag, München 1972, S. 5.

109 Rudolf Kirsten, Hundertfünf Fabeln, Logos Verlag, Zürich 1960

115 aus der Zeitschrift ferment, Heft 12/1984, Pallottiner Verlag, CH-9202 Gossau.

116 Wilhelm Willms, Meine Schritte kreisen um die Mitte, Verlag Butzon & Bercker, Kevelaer 1984

117 Text G. Schnath, Musik Peter Janssens, aus: Leben wird es geben, 1975. Rechte beim Peter Janssens Musik Verlag, Telgte

118 in mehreren Fassungen überliefert

120 Hourdin, aus: Marietta Peitz (Hrsg.), von der Freude, ein Christ zu sein, Matthias-Grünewald-Verlag, Mainz [3]1983, S. 12–13

120 Martin Buber, aus: Ich und Du, Verlag Lambert Schneider, Heidelberg [11]1983, S. 95

121 aus Albert Filchner, Kommt Kinder lauschet, Verlag Pustet, Regensburg

122 Das Pfand, in mehreren Fassungen überliefert, hier nach Urs Boller, Spuren; ähnlich in Jakob J. Petuchowski, Ferner lehrten unsere Meister, Freiburg 1980

124 in mehreren Fassungen überliefert, hier nach der Zeitschrift kompass, Heft 2/3, 1983; ähnlich in William Saroyan, Armenische Fabeln, Sanssouci

125 Urs Boller, Spuren, a. a. O.

Keine Quellen sind angegeben für Volksgut, Märchen aus aller Welt sowie für Aphorismen.

In kompass, Heft 2/3, 1983, finden sich die Geschichten S. 29, 45, 46, 77, 88, 124.

In Urs Boller, Spuren (Verband Kath. Pfadfinder, Zurzach/Schweiz 1981) finden sich die Geschichten S. 18, 35, 65, 79, 95, 102, 120, 122, 125.

In Peter Bleeser, Geschichten für Sinndeuter (Georgs Verlag, Düsseldorf [2]1982) finden sich die Geschichten S. 12, 14, 16, 31, 32, 36, 37, 48, 57, 74, 75, 92, 93, 101, 103, 104, 109, 117, 121, 125.

Bilder

8 Sieger Köder, Tür ins Freie, aus: Skizzen zum Lesejahr A, Ulm 1977. © Sieger Köder, Rosenberg

20 Ernst Barlach, Der singende Mann, Bronze 1928. © Ernst Barlach Nachlaßvertretung, Hamburg

40 Zwei Gesichter. Foto Klaus Kammerichs, Meerbusch

52 Ernst Alt, Der wiedergefundene Vater. ars liturgica Kunstverlag, Maria Laach

66 Walter Habdank, In Erwartung. © Walter Habdank, Berg

80 Sr. Sigmunda May OSF, Senfkorn Hoffnung, Holzschnitt. Rechte beim Kloster Sießen, Saulgau

96 Sieger Köder, Hände. © Sieger Köder, Rosenberg

110 Otto Pankok, Fußwaschung. Besitzer: Otto-Pankok-Museum, Hünxe-Drevenack. Foto: Walter Klein, Düsseldorf